KB210908

빛과 바람의 통로가 되어

중앙문인협회

책머리에

휴식의 계절, 지난겨울은 참으로 길었습니다. 봄이 왔다고 텃밭에도 마음 밭에도 파종 준비를 하다 보면 자꾸만 떠난 겨울이 되돌아오곤 하였습니다. 벚꽃 만발한 날에, 꽃비가 내려야 할 날에 눈보라가 휘몰아치다니요. 이는 아직 휴식이 더 필요하다는 하늘의 뜻이었다고 치부해 봅니다.

싫든 좋든 순환의 계절은 미련을 남기며 떠나가고 또 어김없이 돌아옵니다. 지난 계절은 역사가 되고 다시 오는 새봄은 희망이 되는 것이지요. 이 희망의 새봄에 계절처럼 어김없이 찾아오는 것이 또 있으니, 그건 중랑 문인협회 회원작품 선집입니다. 27호 회원 선집이니 스물일곱 번째 봄이 한결같은 역사가 되고 있습니다.

용마산에서 망우산에서 봉화산에서 흘러내린 빗물이 중랑천으로 모여들고, 중랑천은 도도한 물결이 되어 한강으로 흘러갑니다. 그 물결에는 중랑구민들의 삶의 모습이 투영되어 있습니다. 중랑 문인들이 면목동에서 망우동에서 상봉동에서 글을 쓰고 있기 때문입니다. 중화에도 먹골에도 신내에도 지역 명소를 누리는 사람들이 있고 문화예술을 향유하는 사람들이 있습니다. 그중에 우리 문인들은 글을 쓰면서 세속의 번뇌와 망상에서 벗어나며 힐링의 시간을 누립니다.

우리 중랑 문인들의 글이 중랑구민들을 비롯한 독자들에게 선한 영향력을 끼칠 수 있기를 바랍니다. 그리고 '빛과 바람의 통로'가 되는 회원작품 선집을 읽는 독자들의 삶이 조금 더 행복해지기를 바라 마지않습니다.

중랑문인협회 회장 이호재

Contents

차례

Contents

제10회
『중랑문학』 신인상 작품 모집 안내

(사)한국문인협회 중랑지부에서는
다음과 같이 신인상 작품을 공모합니다.

―다음―

공모 기간 | 2025년 5월 1일부터 2025년 9월 30일까지

장르 별 모집 안내 | 주제는 자유이며 운문(시, 시조, 동시) – 3편,
산문(수필, 동화) – 원고지 15매 내외(1~2편)

대　　상 | 주민등록상 중랑구민에 한함(미등단으로 문학에 뜻을 가진 분)

제출방법 | · E-mail : jhl2ee@hanmail.net

· 작품과 함께 연락받을 주소, 전화번호 기재

· 문의전화 : 010-2524-8705

발　　표 | 2025년 11월 1일(개별 통지함)

시상내용 | 상패 및 상금 – 각 부문 우수상 1명, 운문과 산문 합하여 대상 1명(총 3명)

시 상 식 | 2025년 11월 중 〈2025 중랑문학제〉 행사 시

특　　전 | 중랑문인협회 회원 가입자격 부여, 『중랑문학』 작품 게재

〈응모한 원고는 반환하지 않음〉

주최 : (사)한국문인협회 중랑지부

이 명 혜

한마디

생의 희·노·애·락 가슴에 품고
피고 지며 오가는
산마을 잎새

약 력

- 《우리문학》(1990) 등단
- 중랑문학대상(2002), 한국문협 서울시문학상(2021)
- 한국문인협회, 한국시인협회, 경희문인회 회원, 한국문인협회 중랑지
  부장(4대), 중랑문인협회 고문
- 시집:『지금 나는 흔들리고 있다』,『밤마다 키질로 얻은 보석』,
  『고목나무 뒤 숨은 봄』,『경호강』

필봉산 · 51 외 4편
― 안목항

안목항 수평선은 물새도 먹구름도 앉았다 가는 자리다

어깨 들썩이며 밀려오는 파도
갈잎이 되어
물거품이 되어
수평선으로 떠나간다

파도에 실려 가는 알모래
저건
시간일 것이다

애써
항구에 묶여 있는 여객선
서녘 하늘 노을 되어 물들어 가는
저 자리

물새의 울음도 뱃고동 소리도 돌아가는
집

우주 자궁인 것을.

필봉산·52
— 널비마을

널비마을
삽다리목은 어머니의 강이 산다
달개비 구절초 함께 질펀히 돌아 산다

척추가 무너지고 잘려나가
패랭이 꽃등성 실뿌리 드러나도
산다

남강이 불렀는가

하나의 핏줄
하나의 혼
꽃물 들이기 간절함인 것을

널비마을 어머니의 강
물꽃 피우려 실뿌리 불러들여

실뿌리는 또한 믿음이었음을.

필봉산·53
― 눈꽃

초봄 솔가지 사이 눈꽃이 지고 핀다

소리 없이 내리는 안개비
사라지는 것이 아니라
우주여행을 떠나는 길이다

봄 눈꽃
눈꽃은 산비탈을 움켜쥐는 게 아니라
노을 속 초록물로 피어오르는
불씨인 것을

아니
한여름 동안 목마른 목줄기 태우다
태우다
저건
내 안에 솟아오르는 첫 마음인 것을.

필봉산 · 54
— 돌계단의 단풍

노은산 오르다
돌계단 아래 뒹구는 꽃단풍을 본다

풀숲과 솔숲
사이
돌개바람이 잡아챈 것이다

자유일까

아침 산책길 엎드린 꽃낙엽
빛강을 지우고 길을 지운 것이
아니다

보라
저건 상수리 뿌리였음을
아니
혼이었음을

내 몸 미끄러져
하늘 아래 뉘어버린
소쩍새 울음

우주 공간으로 날아가는가.

필봉산 · 55
― 산마을 잎새

가라
노루목 산마을 제비꽃 피고 지는
강변으로 가라

바람으로 잎새로 산마루 먹구름으로
철쭉 꽃잎 젖어 우는 허공길로 가라

생의 희·노·애·락 가슴에 품고
피고 지며 오가는
너는 산마을 잎새

쉬지 않고 끝없이 돌고 도는 이생의 순환
너는
어느 환승역에서 우주로 날아와
날아와

철사 창틀 무너지는 신새벽길을 가고 있는가.

『시』

김 재 준

한마디

어느 시간에
가을을 만들까

약 력

- 《창조문학》(1995) 시 등단
- 《창조문학》 대상(2017)
- 한국문인협회 회원, 중랑문인협회 회원
- 중랑문학 우수상 수상
- 시집: 『세월의 그림자』(2013), 『늦깎이 인생』(2016)

봄맞이 외 3편

오래된 나무에도
사춘기가 있나 봐
가지마다
붉은 여드름을 달고
홍당무 된 미소가
어쩜 좋아
훈훈한 바람이 불어
슬쩍 마음을 여는
수줍음이
따뜻한 님을 맡는다
마냥 봄이로구나
나도 몰라
어디에서 맞을까

가을인가 싶더니

무르익어 가는
가을인가 싶더니
쓸지도 않은
낙엽에 덮인 눈의
밟힌 소리가
더 요란스럽구나
가을이 어느새 가버렸다
별 하나 또렷이
붉다만 잎 사이에서
아침 햇살 같은 눈동자로
감을 꺾던 뉘야가
부끄럼을 칠한 살결 같은
시간을 맞으며
낙엽을 맞으며
깊은 가을에 만나자던
노오란 햇살의 흔적들
모두 하얗게 가 버렸구나
이제 누가
누가 이제
어느 시간에
가을을 만들까

넋

어머니
오늘은 어디 가는 줄 아세요?
네! 아시네요
사군자(四君子) 중 국화
그림을 배우러 가려구요
국화꽃 아시죠 어머니 닮은
늦가을 서리를 뚫어 꽃 피운
절개와 고고하게 살아온 꽃처럼
서른아홉에 홀로되어
삼 형제를 굳건하게 키운
내 어머니!
묘지를 깨고 늦게나마
막내 품속에 모셨습니다
새벽 산책 공원의 오솔길
소나무 잎새로 비춰진
달쪽빛은 어머니 넋이구요
모과나무 잎새로 비춰진
별쪽빛은 저의 넋이구요
아래쪽 펼쳐진 안개 속으로
들리는 듯 어머니와 저의
아름다운 어릴 적 얘기가

숨어버렸습니다
오늘 숨바꼭질을 했네요
국화꽃을 그려보겠습니다
어머니 닮은……

낙엽

웃음마디
빨간 단풍일 때
가을 풍경을
천리로 쫓더니만

허한 벌판에
바랜 낙엽들이
비바람에 밟혀
전쟁을 겪은 듯

널브러진 그림이
어둡게 깔려
갈색 기억으로
쓸어 담는다

『시』

이 영 선

한마디

그리움의 대문
걸어 두지 않기로 손가락 걸어 봅니다

약 력

- 《문학공간》(1997) 등단
- 경희대학교 대학원 국어국문학과 석사 졸업
- 다산문학상, 중랑문학상 우수상(2016), 중랑문학 대상(2022)
- 한국문인협회, 무주문인협회, 국제펜클럽 회원, 한국문인협회 중랑지부장(10대), 중랑문인협회 명예회장
- 시집: 『나 하나쯤은』, 『그리움의 둥지』, 동인지 『때때로 누구라도』 외 다수
- 디카시집: 『꼭 때가 아니어도』, 『탄성의 빛』
- 산문집: 『우리는 누군가의 꽃이 되고 싶어한다』, 『짧고도 긴 여정』

능소화 꽃 보듯 외 4편

집시의 현란한 춤사위로 피던
능소화 꽃이 보이지 않는다

그 꽃이 피기까지
수많은 날 나는 옷을 갈아입었다

능소화 피던 그 자리엔
소담한 아파트가 생겨났다

하루 멀다 않고 지나칠 때마다
보이지 않는 능소화 꽃 보듯

내 안의 숨죽인 생의 바람이 통곡한다

그리움의 대문

잊을까 하면
불쑥 내미는

꿈에서나 볼 수 있는
그리움 하나

몇 생을 살아도
걷고 뛰어도 갈 수 없는 거리를
허공을 나는 새에게

그리움의 대문
걸어 두지 않기로 손가락 걸어 봅니다

방정환 지묘를 찾아

10월 초순
방정환 지묘를 찾아
동심여선(童心如仙)을 새긴다

봄날의 가지마다
싱그런 여린 새순 틔운
생명의 물줄기가 어린이요

나풀나풀 나비 춤추며
흥겨운 목청 높여
노래 부르는 이가 어린이다

비가 와도 좋고
노을빛 붉게 물든 얼굴로
기뻐 날뛰는 몸짓도 어린이요

소곤소곤
옛이야기 귀 기울이며
찬란히 빛날 무수한 별들이 어린이다

고즈넉한 숨결 따라

지묘에 오르는 나무 계단 한 켠
동심의 아지랑이로 핀 수국이 몽실몽실 탐스럽다

중랑문화예술제에 부쳐
— 예술로 하나 되는 중랑, 중랑 예술로 물들다

살아온 날들
침묵으로
숭숭 구멍 뚫린 시린 가슴
무엇으로 막을 수 있을까

잔잔히 불어오는
바람에게 물어보고
달에게 물어봐도
삭혀질 줄 모르는 시린 마음이여

들가에 핀 이름 없는
그 어떤 꽃도
흔들림 없이 피어나는 꽃 없듯이
알아봐 주는 이 없고
묵묵히 홀로 피고 지는 꽃들이여

오늘 그 위안을 사루고져
중랑예술제의 눈부신 꽃들의 잔치에
제각각 다양한 모습으로 한 몸 되어
이곳 면목 문화 광장에서
가장 아름답게 물들이고자 합니다

중랑문화예술제가
불꽃의 황홀한 기운을 뿜어내고
손에 손을 잡고 흥 돋우며
한목소리 내어 힘찬 노래 부를 때

'나의 자랑 우리 중랑'
문화의 꽃은
찬란하게 곱게 피어
세상을 더욱 빛나게 할 것입니다

우리는
그 힘을 중랑문화예술제의 이름으로
세상에서 가장 아름다운
꽃몽우리를 활짝 터트려요

팔랑거리는 희망

청명한 가을날
망우역사문화공원 둘레길을 걷는다

멈춰버린 벚꽃 심장의 너울 앞에
혀끝을 빠르게 흔든다

등 떠밀린 확장된 동공
'꽃, 꽃이 피었다!' 탄성을 내지른다

이내 숨죽이던 희망이
품에서 팔랑거린다

『시』

정 정 순

한마디

밤낮없이 학업에 매진할 때도
초록 향연 베풀 때도 있었건만
해는 저물고 어디로 갈 것인가
지금이 최대 위기

약 력

- 《문학공간》(1998) 등단
- 예원예술대학 졸업, 동방대학원 불교문예학 박사 수료
- 허난설헌문학상 본상, 일붕문학 대상, 한올문학 대상, 문학공간 본상, 자랑스런한국인상 금상
- 한국문인협회 제28대 문학지 육성교류위원회 위원장, 국제펜클럽 회원, 불교문학 발행인, 한국문인협회 중랑지부장(5대), 중랑문인협회 고문, 예원예술종합대학원 지도교수
- 시집: 『맑은 하늘에 점 하나 찍었어』 외 16권의 개인 시집

어디로 갈 것인가 외 4편

푸른 산 푸른 물에
마음을 헹구어 보니
서로 다르므로 공존하는 세상

몸과 마음 왕성한
한참 절정기에는
명성 떨치게 될 줄 알았는데

창의력 잠재력 깨우며
늘 배움 가까이한 이 사람
한때는 오색찬란한 단풍이었는데

밤낮없이 학업에 매진할 때도
초록 향연 베풀 때도 있었건만
해는 저물고 어디로 갈 것인가
지금이 최대 위기

정해진 운명

고요한 산길 걸으며
우거진 나무 사이로
매미 소리 정겹던
고향의 여름

방학 때면 언니 따라
고사리 같은 손으로
아차산 흐르는 계곡물에
빨래한 기억은 있는데

높은 산 정상엔
다 크도록 간 적 없다면
엄마도 언니도 몰랐을까

지척에 두고
모르고 못 가본 곳
어디 산 정상뿐이랴

수줍은 여자

인생의 탑 쌓으며
마당발인 나는
사계절 동분서주
남편을 혼자 둘 때가 많았다

수화기 들고
방문 열고
종종 기다려도
이젠 달밤에 빈 항아리

세상과 타협하며
혼자가 익숙해진 건
참을 수 있는데
적막을 깨고 혼자 말한다

너 뭐 먹고 싶니
너 뭐 사줄까
허허로움을 즐기는
수줍은 여자의 황혼

성격

내 마음의 창밖
아는 길도 물어가라고
모르면 물어보면 될 것을

남몰래 간직한 꿈
묻기도 말하기도
싫어하는 성격

새하얀 꽃들에 취해
바로 곁에다 두고
기억을 안고 돌고 돌았다

타고난 성격 누구 탓할까
사계절 흔들며
한두 번 아닌 헛고생

이별 연습

당신이 개척해 가는 길
열심히 따라 걸어도
길고 짧고
좁혀지지 않는 거리 차
심장이 터질 듯
가족 사랑 등에 업고
바람 맞서며
붙어 다닐 때가 많던 젊음
내 맘의 온도는 뜨겁고
최후의 승자처럼
누가 봐도 아름다웠는데

뜨겁던 젊음은 가고
생과 사의 갈림길
이별 연습 중인지
베일에 싸여
해와 달처럼 사는데
달밤에 분홍치마 입어 볼까

『시』

김 지 희

한마디

누군가 뚫어 놓은 창호문으로
달빛이 새어들었고

바람에 흔들리는
나뭇잎의 춤사위는
흐느낌이었다

약력

- 월간 《韓國詩》(1999) 등단
- 중랑문학상 대상(2004)
- 한국문인협회 회원, 중랑문인협회 감사, 「바림」詩 동인
- 시집: 『그냥 물안개라 부를 수밖에』(2005), 『오래 입은 옷의 단
  추를 끼우듯』(2013), 『하늘은 무청처럼 푸르렀다』(2022)

떠나보내기 외 2편

읍내로 나가는
한적한 시골 버스정류장에
내리쬐는 햇살은 혼자였다

고립된 삶은
알곡을 실하게 무장시켰다

누군가의 수없는 자맥질로
바다는 멍들고
파도가
그 상처를 어루만졌다

언제 부딪쳤는지도 모르는
내 무릎의 멍은
어느새
갈색으로 변하고 있다

혹독한 여름이 지나갔다

후박나무, 춤추다

미안하다
미안하다

이유도 없이
그냥
보채는 줄 알았다

쌀쌀맞은 내가
밉기도 했으리
말을 하지 그랬니

누군가 뚫어 놓은 창호문으로
달빛이 새어들었고

바람에 흔들리는
나뭇잎의 춤사위는
흐느낌이었다

물의 始原

새벽 어스름인데
문 앞에
생수 꾸러미가 와 있다

병에 담긴
이 물의 발원지는 어디일까

궁금해졌다

그래, 그렇지

부지런한 북청물장수가
다녀간 거야

『시』

김 기 순

한마디

혹독했던 겨울은 녹아내리고 꿈 많은 봄은 힘차게 발걸음을 재촉합니다.
우리도 꿈을 향해 발돋움하며 활기차고 화사한 나날이 되었으면 싶습니다.

약 력

- 《문학공간》(2002) 등단
- 알베르카뮈 문학상, 문학공간 본상(2017), 중랑문학상 대상(2018)
- 한국문인협회 회원, 한국시인연대 회원, 중랑문인협회 이사, 「바림」詩 동인
- 시집: 『그대 내 곁에 있어만 준다면 좋겠네』, 『흔들리지 않는 건 아무것도 없다』

아가 외 2편

아가의

첫 울음소리

존재를 알리는

신고식이려니

적막을 깨며

우렁차게 울어댄다

저 티 없이 맑고 깨끗한 모습

마치 유리알 같다

사방을 조심스럽게 둘러보는 눈동자

주어진 백지 한 장

움켜쥐고

어떤 그림을 그려갈까

사뭇 진지하다

인생

어디 인생길이
평평한 길만 있겠느냐
가다 보면 울퉁불퉁
험한 길도 있고
오름길 내리막길을
수없이 반복하면서
지치면 쉬어 가고
고단하면 누워서
하늘을 지붕 삼아
땅은 베개 삼아
잠자고 가던 길을
재촉하는 게
인생이 아니던가
누가 대신해 줄 수 없는 참으로
외로운 길을
묵묵히 걸어가야 하는 측은한
너와 나의 인생길

낙엽

죽기 전에 고백하렵니다
나도 사는 동안
아팠노라고
까뭇까뭇한
가슴 뻥 뚫린
점자와 멍 자국
가슴앓이
흔적이었음을
읽는다

『시』

김 명 옥

한마디

맨발을 믿고 뚜벅뚜벅 걷는다

세상의 모든 맨발은 기도이니
믿고 걷는 게 마땅하다

약 력

- 《문학공간》(2002) 등단
- 중랑문학상 대상(2012)
- 한국문인협회 회원, 중랑문인협회 부회장
- 시집:『물마루에 햇살 꽂히는 소리』,『블루 음계』,『물끄러미』

흔들리는 밥 외 4편

밥그릇에 수저를 꽂는 일

쉽지 않아

네발나비 한 마리

흔들흔들

바람 밥상에 놓인 꽃밥을 움킨다

엎질러질까

조마조마한 날개 구직란 광고처럼

펼쳤다

접었다

펼쳤다

접었다 하며 사정사정한다

이슬 밥, 구름 밥, 별 밥 말고는

다 어려운 밥

흔들리는 세상에 발 얹고

흔들리는 밥을

한술 떠 입에 넣는 일 간단하지 않아

빚 같은 거 없어도

수도 없이

두 팔을 접었다 폈다

허리를 폈다 접었다

눈물을 접었다 폈다 해야

입안으로 들어오시는 강파른 밥

사흘 굶은
뽈나비 한 마리
흔들리지 않는 밥 찾아 비척비척
날아간다

폭우

지렁이를 밟았다

꿈틀한다

발등을 덮었던 고요가

사방으로 튄다

말을 아끼던 하늘이

입을 연다

미처 다 이해하지 못한 말씀이 쏟아진다

방패로 군마로 햇볕을 가리던 세력이 구름으로

밝혀지자

고추를

말리던 마당이 요동친다

줄기차게 퍼붓는 청동 바늘에 찔려도

동과 서로 갈라지고 마는 생각들

길을 삼키고 샛강을

탁하게 물들인다

허리 아픈

강줄기가 핏덩이 미래를 업는다

자꾸 한쪽으로 기우는 보폭

붉은 강을

건너가는

고추의 맨발이 아리다

먹이사슬

벌레가
한 입 두 입 먹은
콩잎을 따
내가 먹는다
근심이 먹다가 남겨둔 나를
허망이 야금야금 먹는다
먹어도 먹어도 깡마른
허망을
밤낮이 아귀아귀 뜯어먹는다
밤낮을 먹어치운 영원이
잎마다
찰나를 슬어놓는다
찰나에서 바글바글 기어 나온 빛알들이
열 입 스무 입
꿈을 뜯어먹는다
질
기
디
질
긴
푸른 똥을 싸면서

비나리

아픈

내 둘째 손가락에서

꽃대가 하나 올라왔습니다

꽃망울 부풀기 시작하자

반은 희고 반은 검은 가시나무 새가 날아와

손톱 밑을 쪼아댑니다

사방으로 번지는 실금들

발 디딘 지금 여기가 깨질까 봐

구십 근 반 몸뚱이가 콩알만 해집니다

더 갈 데 없는 불안 끝에서

비명처럼 터지는 꽃잎

한 잎 두 잎

아픔이 만개합니다

손가락을 타고 흘러내리는 핏물을

가리킬 말은 세상 어디에도 없습니다

두 번 세 번 옥죄었던

울음주머니가 툭 터집니다

발바닥까지 흥건히 울어본 적 있으신지요

기력을 다해 피겠다고 다짐하는 이 꽃을

꺾지 않겠다고 약속만 해주신다면

내 남은 생이 갈래갈래

엉망으로 찢어져도
좋습니다

맨발

다시 걷는다
바람이 씹다가 발등에
뱉어놓은 사마귀와 함께
둘 다 맨발이다
다리 하나를 잃어
풀잎 같은 몸이
한쪽으로 기울어진 사마귀
수평 잃으면 비굴해지는 법
한 걸음 떼는 것도 눈치를 본다
땅이 하늘이 바람이 뭐라고 할까 봐

걸어온 길 뻘 같고
걸어갈 길 수세미 속 같아도
맨발을 믿고 뚜벅뚜벅 걷는다
애매한 슬픔을 배우면서
밤을 걷는 거미도
허탕을 걷는 해오라기도
다 맨발이다
자신을 누르고 밀고 차면서
한 발 두 발 앞으로 나가는
맨발은

세상의 모든 맨발은 기도이니
믿고 걷는 게 마땅하다

『시』

이 경 구

한마디

휘날리는 벚꽃잎이
산자락 오솔길을 환하게 비추던 날
꽃을 부르던 그녀는
환한 꽃등불 따라 평온하게 떠났다

약 력

- 《문학세계》(2004) 시 등단
- 중랑신춘문예 입상(2006), 중랑문학대상(2021)
- 한국문인협회 회원, 한국문인협회 중랑지부장(8대), 중랑문인협회
  고문, 「시마을 3050」 동인
- 시집: 『꽃을 키우는 남자』, 『딱, 그만큼만』(2025)

벚꽃 피던 날 외 3편

산수유 개나리 목련 다투는 소리로
깨어나는 봄
벚꽃 피어 봄이다

겨울을 이겨내고 찾은
생명들이 외치는 강건함이
꽃향기로 피어나
세상의 어둠을 밝혀 열매 맺는다

휘날리는 벚꽃잎이
산자락 오솔길을 환하게 비추던 날
꽃을 부르던 그녀는
환한 꽃등불 따라 평온하게 떠났다

어느 곳에 벚꽃으로 피어나
어디를 환하게 비추일까
황학산 자락에 만발한 꽃이
환생의 그녀일까

손자 손녀 며느리들 모두 모였다
먼 곳에서 기차를 타고 온 후손들

기차 시간이 아쉬워 일어난다

서로 얼굴 확인하고
형님 아우 찾아가는 손자며느리들
벚꽃길에 떠오른 미소가 환하다

산수유

으스름 달빛에 아래
길 밝히는 꽃등불

어둠 밀쳐내는 노란 불꽃
의지의 세상을
새롭게 태어나게 한다

서로가 잘 살라고
다독이고
이해하고 위하는 세상이라며
꽃등불이 밝히는 초저녁 밤길

강아지와 함께 나온 아이
유모차에 폐지를 쌓아 힘겹게 끌고 가는 할머니
헤어지기 아쉬워
두 손을 놓지 못하는 연인
어둑어둑 밋밋한 길에
꽃길 펼치는 산수유꽃

도둑도 마음 고쳐먹을 그 길 위에
노란 꽃등불 타올라
어둠의 세상을 밝힌다

타지마할

많은 목숨이 당신 이름으로 빛난다고
코웃음 치며 누워 있는가
2만여 명의 인부들이 동원되고
자이푸르에서 운반된
대리석 기둥에 수놓아진 번쩍이는 사랑의 징표
지금도 그대는 변하지 않았는가
뒤에는 야무르 강이 흘러 감싸고
입구 사암의 문을 밟고 들어오며
옷깃 여미는 사람들
구천을 헤매는 원혼의 통곡 소리
정글 뒤덮어 나무들도 따라 우는데
거대하고 수려한 곡선
별빛에, 달빛에, 햇빛에, 반짝이는
휘황찬란한 비단돌 속에서 잠자고 있는가
권력자의 허무한 사랑의 징표
2만여 명의 손목을 잘라 바쳤는데
샤 자한, 그 지독한 사랑의 불꽃이
아직 타오르고 있는 타지마할
꺼진 불꽃으로 일으킨 사랑의 전설
돌덩이에 눌려 신음하는구나

춘설이 폭설이다

해가 기울어
검은 맘 하나
파도에 이끌려
먼 바닷가 가장자리에 머물면

가뭇없는 내 의지가
너를 향해 달려가고 있다

잠포로록 하던 날에
해무리 곱게 피더니 어느새 한낮이 저만치 가고
꾀꼬리 울고 있다

드러눕는 바람은
여틀없는 겨울을 만들어 내고 있다
는적는적 가거라 세월아
했더니
바다를 보라 한다
곡두인생 거기 있지 않느냐고

다함 없는 삶
춘설이 폭설이다

눈 덮인 없는 길을 찾아간다
다짐하는 저물녘이다

『시』

장 상 아

한마디

왜 꽃이더냐
이유 없이 가파른 분쟁 없다
콕 찍어 명명한 야생화의 뚝심으로

약 력

- 국제문예지《The MoonLight of Corea》(2004) 등단
- 미국 Keennedy University 감사장(2024), 서울특별시의회 의장 표창장(2024), 새마을흙문학상(2024). 교수문예상(노벨타임즈 2024), NwSSU 교수초대전 평론가 대상(2024), 이태백문화예술 대전 시 대상(2024), 공로훈장(2023), 사이버중랑신춘문예 시 장 원(2005) 등 그 외 문학상 문화예술상 다수 수상
- 국립 노스웨스트 사마르대학교 Honorary Doctor of Literature, 연구교수, 명예평론가
- 노벨문학상최초수상기념 「대한민국 유명작가 111인 시화전」 선 정(노벨재단) 2025 - 국회미술관 전시
- 시집: 『피나지나 꽃이다』(2023국민권장도서)
- 빛품낙: 네이버블로그

대장간 봄 망치 외 2편

왜 꽂이더냐
이유 없이 가파른 분쟁 없다
콕 찍어 명명한 야생화의 뚝심으로

두드리며 산다

부산한 잡초가 끓이는 음식일랑
개똥밭이나 던져 주고
번들번들 네 이마가 구름이고 강
특별한 분장 없이도 맘껏

호령하며 산다

그렁그렁 부푼 4월의 눈물
찢고 물고 할퀸 본성은 뒤로
시우시우 오직, 생명만을

배양한다

백술*의 진술(陳述)

다들 천재라 부르오 귀양 온 신선이라나
그런 나를 나는 백술이라 불러보겠소
어차피 철새 같은 잔
한철 거나하게 취하고 싶소

누구를 의식하겠소
잘 날고 있소이까 현세 말이오
화살들의 짝눈이 시끄럽소

벌컥벌컥 술이라도 한 잔 더 따라주시오
술떡이라도 돼야지 살겠소
얼음이 시흥(詩興)을 가로막소

황하를 건너야 할 터 태행산 올라야 할 터
한가하게 낚싯대만 물고 있구려
허 달 잡으러 뛰어들지 마소

한 표라도 푸른 해 젓가락
그림자 춤 아닌
장안의 성찬이 되어야 하오
*백술 : 이백을 두고 지어본 별명

생선

뙤약볕 아래 부끄럽지 않을 치마는 없다
정곡만 지르면 된다
뒤집으면 보이지 않을 바닥 없고
갈기고 보는 시대도 끝났다

귀도 골라 씹는다
혹부리에서 노래는 나오지 않는다
단 한 포라도 진심의 회를 뜬다면
기름이라도 물과 통한다

비린내 나는 연장은 인제 그만,
냄새는 분별하는 것이지 찢는 것이 아니다
최초의 비늘로부터 자유로울 의상 없다
정직해도 구멍 나고 해지는 옷

모두 알몸

김 미 애

한마디

몬스테라, 그녀가
알려 주었다
함께 살아가는 우리에게
가장 필요한 게
어떤 것이라는 것을

약 력

- 계간 《한국작가》(2005) 등단
- 《한국작가》 신인문학상(2005) 수상
- 한국문인협회 회원, 수필가협회 회원, 중랑문인협회 이사
- 시집: 『모퉁이를 담다』

미운 세월 외 4편

새벽 다섯시면
단정히 앉아
기도하고
성경 읽으시던 구순의 어머니가

도라지꽃이 엄칭이* 이쁘다며
지기 전에
놀러 오라시던 어머니가

삼 년이 지난
지
금
은

밥을 못 먹었다고
배고프다
배고프다 하신다

꼬박꼬박
삼시 세끼에 간식까지 다 챙겨드신
입으로

자꾸만
슬픈 거짓말을 하신다

*엄칭이: '엄청'의 충남 방언

배려

눈여겨보면
쉽게 볼 수 있는 몬스테라
무심코 지나쳤기에
보이지 않았다

여러 갈래로
갈라진 웃잎이
빛과 바람의 통로가 되어
아랫잎을 돌보고 있는 것을
그 아랫 잎은 또
그 아랫 잎의 처지를 잊지 않는 것을

몬스테라, 그녀가
알려 주었다
함께 살아가는 우리에게
가장 필요한 게
어떤 것이라는 것을

실수

드넓은 세상
많고 많은 사람 중에
하필이면
내 콧속으로
뛰어 들어온
초파리 한 마리

혼비백산
나도 놀라고
저도 놀랐지만
때는
이미 늦었다

또 다른 인간

우주여행 중에나 만날 줄 알았던 AI
우리 집에도
옆집에도
함께 산다

어미 뱃속에서
꼬물꼬물 자라고 있는
손자 깨랑이
오십일 된 얼굴도
보여주고

하늘의 별이 된
그리운 이
영상으로 다시 불러와
생전의 표정과 몸짓으로
말하게도 한다고

박수치며 좋아하는 게
맞을까

어디나 따라다니며

시시콜콜 간섭하고
친구도 시간도 생각도
다 빼앗아 가려는 건 아닐까

행복한 밥상

바삭 구운 돌김에
콩밥 한 수저 올리고
달래 간장 찍어
내게 주며
눈웃음 한 술은 덤이라고

노릇노릇 익은 우럭을
겨자소스에 찍어
마주 앉은 그에게 건네며
새콤달콤한 콧소리 한소끔 뿌리고

된장국에
곰삭은 김치처럼
물리지 않는 가시버시
오순도순 주고받는 밥상 위에
한겨울에도 함박꽃이 핀다

『시』

유 후 남

한마디

바람이고저 하노라
막히면 돌아서 가고, 추우면 햇볕 찾아 위로 가고

약 력

• 《문학공간》(2007) 등단
• 중랑신춘문예 입상(2006), 중랑문학상 우수상(2016)
• 한국문인협회 회원, 중랑문인협회 감사, 「시마을3050」 동인

2월 개나리 외 4편

벌써부터 기다린다
눈부신 미소를 띠고서

너의 웃음과
옹알이를
그 따뜻한 소리를.

어제의 나에게

목욕탕에서 때를 민다

모든 속박과 굴레
끊어 내기 위해

숨 쉬고
생각하고
움직여 왔던
모든 것들

세포 구석구석 숨어서
남의 탓만 하게 만든 거품
흘려보내니

반짝반짝 빛나는
나의 본모습.

꿈속

바람이고저 하노라

막히면 돌아서 가고
추우면 햇볕 찾아
위로 가고

어디에도 걸리지 않는
여행

손톱달

미틈달 개밥바라기별 뜰 때
하늘 한 귀퉁이
아직 남아 있는 노을의 향기
꼬물거리는 조그만 몸짓
반달 지나 보름달 되면
그때서야 찬사를 보내는
세상인심

유리창

속이 훤히 들여다보여
손을 집어넣으려고
급히 고개 숙였더니

꽝!
이마에 혹이 벌겋게 생겼다

넌 사람들 마음 같다.

정 송 희

한마디

너 오늘도 괜찮은 거니?

약 력

- 계간 《自由文學》(2007) 시부 2회 추천 완료 등단
- 한국방송통신대 '통문' 우수상(2012), 중랑문학상 대상(2020)
- 한국문인협회, 한국自由文協 회원, 한국문인협회 중랑지부장(9대), 중랑문인협회 고문, 「시마을3050」 동인
- 시집: 『무지개 짜는 초록베틀』(2014), 『애플민트 허브』(2021)

들꽃잠 외 4편

꽃피고 비바람 분다 해도
그저 까무룩

나는 나 너는 너로 바빴던 날들이 준
옷 벗어버리고
그저 까무룩

사람 향기 뿌리며 맡으며
우리 기억 속 새소리 들으며
그저 까무룩

실바람 품에 안겨 잠든
들꽃같이 당신과 함께
그저 까무룩

강가에서

서로 다른 물방울들
손에 손잡고 흐르다
가시물풀 꼬드김에 물방울 하나
손바닥 뒤집는다

놀라워라
쉽게 뒤집는 가벼움

잠시 중심 잃은 물빛
안개꽃 핀다

눈물방울 씨앗들이 모인 안개꽃
앞이 보이지 않는다

물거품 밀며
내 손과 손목 꼭 잡는다

팔랑귀 같은 단풍잎 하나
꿀렁꿀렁 강물 위
지그재그 떠간다

동행

황해 칼국수 타일벽에 매달린 달팽이

어디서 살다 왔을까

바닥으로 쿵 떨어지면 어떡하나

종이컵 가마에 태워 집으로 모셔 왔다

날마다 안부를 묻고
배춧잎 버섯 풀잎 흙과 물을 준다

너 오늘도 괜찮은 거니?

마스크 끈

화살나무에 마스크 걸려 있다

손이 된 마스크 끈
나뭇가지 꽉 붙잡고 있다

아무리 잡아당겨도
너는 따라오지 못한다

손 잡아 주는 끈들 있어
별 탈 없이 여기까지 왔을까

아니다
누군가의 끈에 얽매어
날개를 접기도 했을 것이다

중심 잡는 마스크 끈
화살나무가 손을 놓는다

천지

백두산은 푸른 눈을 가졌다

얼마나 많은 비극을 보았기에
파래진 눈빛으로 나를 보는가

더는 저장하고 싶지 않은 분단의 아픔
한줄기 장백으로 하얗게 흐른다

담아둘 수만 없는 슬픔은
소리 내 울면 시원해지는 것일까

한풀이 울음소리 닭 볏처럼 붉다

『시』

정 여 울

한마디

지나간 것은 지나간 대로
삶은 없는 길을 만들며 가는 것

약 력

- 계간《自由文學》(2009) 시부 2회 추천 완료 등단
- 중랑신춘문예 입상(2007), 중랑문학상 우수상(2017)
- 한국문인협회 회원, 「시마을3050」 동인
- 시집: 『쉼표』(2023)

나무 외 2편

위대한 성인이다

채울 줄도
비울 줄도
아는
너

내일

아무도 알 수 없다

조붓한 길 나서면
저만치 설핏한 지름길

놓지 않은 꿈 조각

막다른 길에서도
버리지 않아야 할
내일

구름 사이로 돋아나는
은빛 햇살

지금

잠시 멈추고 선
이 자리

지나간 것은 지나간 대로

삶은 없는 길을 만들며 가는 것

새로운 길로 들어서는
바로
지금

시작하는 모든 것
눈부시다

『시』

조 금 주

한마디

홀연히 겨울밤을
걷어 두고
옹기종기 모여 있던
나의 기다림

약 력

- (사)대한민국 《국보문학》(2010) 등단
- (사)한국환경관리사 문학 최우수상, 대한민국 미래창조 대상(2024)
- 중랑문인협회 이사
- 현재 예담요양원 대표
- 시집: 『어머니 당신은 꽃』
- 공저: 『내마음의 숲』, 『첫만남의 기쁨』, 『그리움의 끝』

봄소식 설렘 외 4편

홀연히 겨울밤을
걷어 두고
옹기종기 모여 있던
나의 기다림

겹겹이 쌓인
상처를 모두 털어 내고
가슴을 꼬옥 품은
초록색 빛깔

봄의 향연 뛰어드는
뜨거운 숨결
입술을 맞추는
사랑의 온도

빨간 등대 독백

숨소리도 들리지 않는
말랑말랑한 물이
적막하고 조용한 방파제

처절한 분노
절벽에 온몸을 던져
절규하는 그 파도

우르릉 쾅 했던 파도
찢기고 늘어진 비명소리
너덜너덜한 자국의 흔적

강한 빛을 던져
목숨을 살리는 빨간 등대
나는 사랑하고 싶었다

동백꽃 인생

눈꽃이 피어나면
하이얀 양털 속으로
고개를 내민 불꽃 향기

천둥소리에 놀란 꽃은
산산조각 흩어지고

동백꽃 봉오리를 꺾으면
멍든 손가락
옷깃 파고드는 신음소리

꽃방울에서 쏟아지는
동백꽃을 받아
두 손으로 사랑하리

그리움 언덕에서

고향역 입구 언덕
홀로 서서
진종일 가지 끝에 걸려
그리움 겹겹이 쌓이면

하늘과 소통하고
손들어 넓은 세상 이야기
굳세게 견디어 내는

목청 높여 불리는 갈매기 떼
회오리 바람 따라 사라지고

300년 깊이 뿌리 내린
느티나무는
오고가는 모든 이에게
고향 소식 전한다

설화

눈 덮인 언덕배기
명작 수채화

사슴뿔처럼
환상의 날개

봄은 아직도
멀었는데

산세 골짜기 따라
가지가지마다

벚꽃으로
만개된 설화

윤 숙

한마디

눈만 마주쳐도 마냥 좋았던
우리 엄마

약 력

- 계간 《自由文學》(2013) 시부 2회 추천 완료 등단
- 중랑문학상 우수상(2018)
- 한국문인협회, 자유문인협회 회원, 중랑문인협회 이사, 「시마을
  3050」 동인
- 시집:『꽃잎, 흔들리는 중심』(2024)

망초꽃 외 2편

묵정밭 망초꽃
하얗게 웃는다

눈만 마주쳐도 마냥 좋았던
우리 엄마

흰 수건 머리에 두르고
아직도 밭 매고 계시는 걸까

오늘도 내 안 가득
별꽃이 된 망초꽃 퐁퐁 핀다

수평선처럼 아득하다

가로수 그늘 아래

올곧게 서서 지켜보는
새들이 쉬어 가기도 하는
횡단보도 옆 왕벚나무 그늘
벚꽃 환한 웃음 주기도 한다

나, 누군가에게 마음 한 조각, 어깨 한쪽 내준 적 있나
떨리는 손 잡아 준 적 있나

꽃같이 살라
푸르게 살라
몸으로 실천하는 구도자 같다

새소리 바람 소리에 귀 기울이는 그늘에 서니
고되고 힘든 시간 구름처럼 흘러간다

부메랑 역설

광화문 거리에 봄비 온다
겨우내
한랭전선이 머물던
길 위에 또 다른 길을 내는
비에 젖은 마음들이
팽팽한 줄다리기로 해지는 줄 모른다

때가 되면
몽울몽울 움트는
산수유 홍매화 목련 꽃순

이제
제자리로 돌아가
꽃 피우고
열매 맺어보자

동남풍 온기에
광화문이 환해진다

『시』

정 병 성

한마디

단단한 기다림은
노랑나비 유령이 된다.

약 력

- 《우리詩》(2015) 등단
- 중랑신춘문예 시 부문 수상(2010), 참빛문학상(2014), 중랑문학
  상 우수상(2020)
- 중랑문인협회 이사
- 우리시회 회원

민들레 외 4편

민들레는 가난하지 않다
풀씨 하나가 높은 곳을 날아서
몇 굽이 언덕을 넘는 이유는
빈집으로 살기를 원하기 때문이다
가장 낮은 곳으로
가난하고 가장 후미진 곳에
겨우 발을 딛는 것은
겨우내 꽃을 피우는 것은
누군가가 넘어온 산을 그리다가
또 빈집으로 살기를 원하기 때문이며
달빛이 빈집에 가득하기 때문이다

달맞이꽃

달의 마중은 물결이다
달빛에 난
강물로 걸어 들어갈 때가 있다

강가에 자갈 사이로
영혼이 부서질 때가 있다
아지랑이에 목을 파묻고
긴 강둑을 서성일 때가 있다
물결치는 강변에서
강 버들 수액이
눈물샘으로 쏟아져 내릴 때가 있다

단단한 기다림은
노랑나비 유령이 된다
난 달 속으로 달아난
널 건져 올린다
발을 순박하게 딛고 서서
새파란 풀대에 불을 켜 놓고
입을 맞춘다

나팔꽃

서쪽으로 기울던 햇살은
퇴근길 발걸음을 어둠으로 덮었지
몸을 가누지 못하는 노동은 울지 못했지
담장 철망에 거꾸로 목을 늘어뜨린
새순은 뼈마디를 비틀었지
생계의 경계선에서
이슬에 젖었지
핏빛 담장에 매달려 시드는 중
예배당 길목에서 입을 오므리는 중
거기 십자가의 최전선에 나팔꽃 피는 중
아침의 영혼은 그러하리라
달팽이는 겨드랑이로 기어들었고
새끼들은 보랏빛 햇살을 퍼마셨지
들녘의 만찬이란
나팔수처럼 입을 크게 벌리는 이유
그것은 내가 울지 않은 이유

등심꽃

한평생 뒤돌아서서
울었구나
가슴에 씨를 품고
등은 자드락밭이 되었구나
등에도 뿌리가 있어서
예쁜 꽃 피었구나
등골이 휘도록 외롭지 않았던 것은
내 뒷모습을 볼 수 없었기 때문
등에도 예쁜 꽃 스며서
뒤돌아 떠났구나

꽃비

그녀의 우울했던 날들은 모두 홀로 견딘 꽃망울의 시간

살다가 꽃 하나 지고 나면 눈에 보이는 세상은 꽃비로
가득하다
증오의 계절이 그리운 것은 봄날에 꽃으로 피지 못했기
때문
꽃상여를 맨 유서의 절벽을 내려오다가 꽃무덤이 되는
것
낙하하는 꽃보다 아름다운 사람이 되는 것 그러므로 가
슴에 꽃 하나 안고 산다

생의 식사란 한 그루 꽃 덩어리
사월의 한 운구차 뒤에서 꽃비가
한 움큼씩 떨어진다

오늘 꽃무덤에서 걸어 나오는 당신을 만났다

『시』

함 경 달

한마디

이순신 장군의 생즉사 사즉생
정신으로 싸웠고 한국군의 명예와
자긍심을 세계만방에 떨쳤다

약 력

- 《문예사조》(2018) 등단
- 문예사조문학상 최우수상, 대한법률신문사 시 부문 최우수상 (2021), 수필 부문 최우수상(2019), 대한민국보국훈장삼일장 수상
- 한국문인협회 회원, 문예사조편집위 부회장, 한국전쟁문학회 이사
- 중랑문인협회 이사
- 저서: 『나의 조국』(2021)

파월 영웅들의 몸부림

60년 전, 치열한 전쟁터인 월남전!
영웅들은 젊음을 불태우며
8년 8개월간 싸웠다

음습한 정글(jungle)에서
월남의 자유와 평화 수호를 위해
밤낮을 지새우며 싸웠다

사생결단(risk one's life) 의지로
용사들은 싸우면 승리하는
용감무쌍한 전투기술을 발휘했다

신라 화랑(花郞)의 임전무퇴 정신으로
악전고투(惡戰苦鬪)하며
전투에서 이기고 돌아왔다

이순신 장군의 생즉사 사즉생
정신으로 싸웠고 한국군의 명예와
자긍심을 세계만방에 떨쳤다

자유수호의 십자군 32여만 국군 중

전사하신 5,099명의 피와 눈물
안타깝고 애달프도다

파월 용사들은 남베트남의 자유와 평화
그리고 대한민국의 발전을 위해
살신성인 '제복의 영웅' 되었노라

김 종 화

한마디

아무런 기약도 없이
마음을 따라나선 과천 가는 길은
며칠 동안 계속되는 호우경보에도 비는 내리지 않았다

약 력

• 중랑문학신인상 최우수상(2021)

대전엑스포 93 외 2편

대전에 러시아가 있었다

러시아는 대전에서 망명을 꿈꾸었다

과학과 예술은 다만 부르주아의 전유물이었을 뿐

한 조각의 빵을 사기 위해 줄을 서야 했고

한 모금의 콜라를 사기 위해 줄을 서야 했고

줄을 서기 위해 사람들은 거리에서 지쳐갔다

한마디 항의조차 없이 더디게 어두워가는 대전에서

러시아가 비에 젖고 있었다

* 2023년 가을 서울역사박물관에서

과천 가는 길

사당동 567번 좌석버스 종점에는
가로수에 기댄 채 가판대 하나가 서 있고
저승꽃이 핀 몇 알의 사과와 푸성귀 몇 단이 널브러져 있다

가판대를 지나 남태령을 오르는 길은
오래된 습관처럼 멀기만 하고
긴 경사면을 따라 뜨거워진 계절이 쏟아져 내린다

아무런 기약도 없이
마음을 따라나선 과천 가는 길은
며칠 동안 계속되는 호우경보에도 비는 내리지 않았다

아이와 강아지풀꽃

아이는 할머니와 함께 어린이집에 가는 날이면

으레 강아지풀꽃을 꺾어 달라고 투정을 부린다

할머니는 아이가 이러는 이유를 안다

아이는 어린이집에 가는 것이 싫어서가 아니라

할머니와 떨어지기 싫어서라는 것을

그러다가도 어린이집에 도착하면

아이는 할머니 손 대신 강아지풀꽃을 꼭 쥐고 들어간다

『시』

김 솜

한마디

음, 무엇이 문제일까 나라는 황무지는… 앙상한 일상을 상상으로 거두절미가 미덕인 시와 구구절절 살피는 산문을 살다 보면 심은 글의 영혼은 영원할까.

약 력

• 《열린시학》(2022) 등단
• 중랑신춘문예 최우수상(2019)

정말이라는 동물 외 4편

정체성은 그날의 날씨에 따라 바뀌는 걸까
핵 오염수 방류를
결사반대하던 사람들이 결사적으로 찬성한다
이 말과 저 말은 말은 같지만 날씨가 다른 말
날씨는 정말일까
태도가 정말일까

군 생활 일 년 남짓 남은 아들 걱정에
일 년 금방이야
일 년은 정말 가까운 내일일까

34년을 함께 산 부부가
입 맞추던 입으로 욕하다 이별의 절차를 밟는다
완전한 행복은 얼마나 비극적인지
안다와 모른다가 다르지 않은 게 정말일까

감정도 때맞춰 물을 줘야 하는 화분 같은 것
후회가 넘치게 물을 주면 정말이 살아날까

건설은 어렵고 허물기는 얼마나 더 어려운지
들여놨다 내놓는 건 화분만이 아니다

우린 정말 끝까지 같이 가는 거야
새로운 출발을 시작하는 자리에서 넌 그렇게 말했지
어떻게 갑자기 정말이 사라진 거니?

마음대로 들어왔다 나가는 정말
정말은 뱀과 쥐새끼와 여우를 교배시킨 짐승이라고 한다
정말일까?

수감되다

이사 온 지 이틀
베란다에 나섰다가 문이 잠겼다

새집은 아직 새 주인을 기억하지 못하고
나를 베란다에 가두었다
1초 만에 덜컥

유리창 너머 렌지 위에는 곰솥이 끓는데
식탁 위 손 전화가 내게로 손을 내미는데
얇은 유리문 한 장이 성벽이다

노란 별을 자책으로 읽는 밤
어둠이 전신주 아래 고양이를 덥석 물고

정숙자의 시 「1초 모으기」를 읽다가
층층이 쌓인 어둠 속 1초는 어떤 모습인가

으스스 한기가 밀려오고
나는 줄곧 1초씩 밀어냈다

곰솥이 졸고

맞은편 건물에서 잠을 깬 비둘기들
각자 1초씩 물고 푸드득 날아간다

웃음과 울음 사이에 파가 있다

파가 판친다
바람이 바람을 파는
2024년 봄은 느닷없다

꽃보다 공(空)을 먼저 품는 파

숫자 875를 매단 순간
엑스트라가 벼락같이 주인공이 된다

매대에 길게 누워 처져 있던 파가
몸을 일으켜 춤을 춘다
눈과 귀와 입을 가진 신을 신은 파가
대행진에 가담하고 거리 유세를 한다

일파만파 파장이 크고 파열음이 깊게 퍼진다
신을 신은 파가 이상할 리 없다
언제 이렇게 주목받은 적이 있었던가

어떤 손에 잡힌 순간 파는 상징이 된다

잔술과 까치 담배를 팔던 때처럼

한 단이 한 뿌리 두 뿌리로 분리된다
감정 없는 파가 감정을 조장한다
더 이상 이상할 리 없는 파가 파다하다

파안대소하는 파

오래 버티면 뜨는 날 반드시 온다는 거
파는 이제 안다

부엌의 입장을 살펴야 하는 나는 대파 한 단을 산다

파를 썬다
끓는 냄비에 빠진 파는 숨이 죽는다
공(空)마저 내려놓으니
파향이 퍼진다

알몸 방송

근데 그 늑대 같은 오라질 놈은 어떻게 됐대
그래서 바람난 잡년은 같이 살았대?

호기심에 찬물 한 바가지를 끼얹으며
거울 속 얼굴을 쓰윽 훑어내며
찜찜함을 벗기듯 벅벅 군살을 밀어내며
공처럼 봉긋한 부항기를 옆구리에 붙여가며
아침 드라마가 나체로 재방되는 공중목욕탕

안면이 뜨뜻한 채
난 아랫도리를 씻으며
여자들 입에서 줄줄 새는 벗은 말을 시청한다

말의 알몸엔 거품이 없다
겨우 거웃을 가린 여자가 부끄럼 없는 탕에 들어가
젖은 말을 휘휘 젓는다
물과 말의 수위가 흘러넘쳐도
아무도 신경 쓰지 않는다

서로 벗은 사이, 알몸에는 악의가 없다
도덕과 윤리와 불륜도 알몸일 때

비로소 믿을 만하다

가식과 편견이 거품에 씻겨 나갈 때
비누 향이 머릿속을 어루만진다

그런데 물 많고 말 많은 우리 동네 목욕탕
코로나에 사라진 물소리 말소리
언제쯤 다시 살아날까

더 나쁜 세계에 입장한 당신이라면 마요네즈에 빵을 발라 먹을 것을 권함

개 같은 기분이 맹렬하게 짖는다

여기가 아닌 언젠가를 찾아서
문제를 물면 삼키고야 마는 나는
하나의 사건,
살아볼 것들의 목록 중 가장 끝장을 쓴다

시의 레시피를 따라 하려다 만다
속 재료를 차례로 준비해 둘둘 마는 김밥과는 다르다

그것이 무용하다고 여기는 순간
노력은 고통이다
고통은 정직하다 감추지 않는다

나는 늘지 않는다와 늙지 않는다의 차이만큼
눈먼 문장을 이고 봉화산을 오른다

정상에선 모든 게 달리 보인다
나타났다 사라지는 만질 수 없는 먼 곳
어디에 귀를 댈까

중허리 그늘에 앉은 벤치에는 마담들이
개모임을 하는지
목줄 풀린 개들이 분방하다
간식 달라 안달복달하는 견공들을 바라보는
그녀들 목전의 일이 이리 바람 같아
가벼워지고 싶은 시선이 개를 따라다닌다

잔가지도 덩달아 이리저리 그림자 손을 흔들고
개오줌을 뒤집어쓴 풀들이 머리를 턴다

숲을 이루는 초록이 질기다
오뉴월을 이룩하는 끈기의 기색이 무성하다
숲에 있을 때 나는 최대로 자연스럽다

식물을 닮았으면 달랐을까

갈기고 싶은 동물적 충동이
질기지 못한 나를 향한다

유월의 목줄이 풀리기 시작했는데
알 수 없는 뼈다귀를 물고 뱉지도 삼키지도 못하는

나는

맹렬한 기분이다
몸을 트는 딱 한발은 마음의 거리
어슬렁거리는 심정으로 바게트를 바른 마요네즈를 씹는다
고독의 고통은 냄새로 써야 할까

새들이 날아간다
물고 있던 문장을 버리고

『시』

박 은 숙

한마디

바람이 분다
연분홍 꽃잎 흩어지는 시간 속에서
나의 봄꽃송이 활짝 피어난다

약 력

- 《중랑문학》 등단(2024)
- 중랑신춘문예 시부문 수상(2008)
- 중랑문인협회 홍보간사

할미꽃의 연정 외 4편
— 아버지의 무덤 앞에서

무너진 무덤가에
봄바람 살포시 불어오면
늙은 여인 수줍게 피어나네

환한 보름달 등에 지고
청실홍실 실타래 발목에 걸고
　절
　　뚝
　이
　　며
임을 향해 걸어가
검은 흙 되어 버린
사랑
앞자락에 담고담고 담고……

늙은 여인의 등은 높아져만 가네

무너진 무덤가
봉긋 솟은 여인의 등에 할미꽃 흐드러지게 피어나겠네

밤과 보름달과 단풍나무와 가을

귀뚜리 소리
보름달로 차오르는
밤에
설익은 삭풍 휘몰아친다

놀란 단풍나무
오색의 혈흔 각혈하고
두서 없는 계절은
거친 숨만 몰아쉰다

임 떠난 그 길 위에
뿌려 놓은 단풍잎들
이 밤 지나도 볼 수 있으려나……

삭풍 휘몰아치는 밤
천둥벌거숭이 가을이 애처롭다

눈이 오네 #1
— 추억이 스미다

눈이 오네
기억 속 스며 있던 한 장의 추억을 꺼내네

눈이 내리네
나의 눈꽃송이가 날개를 펴고 날아가려 하네

눈이 오네
내 심장에 아련하게 눈꽃잎 스미겠네

눈이 오네 #2
— 함박눈 내리던 3월

겨울 가고
봄이 온 줄 알았는데
함박함박함박……
눈 내리네

철 없는 눈꽃송이에
내 마음도
함박함박함박……
피어나네

이 눈 내리고
내일의 어느 날
연분홍 꽃잎들
함박함박함박……
흩날리겠지

노을

멈춰
서
빛바랜 시간들 바라본다
노을은 지고
밤의 시간은 찾아오고
추억은 어둠 속에서 별처럼 빛나고

무심한 노을은 참 붉었다

『시』

김미란

한마디

활짝 핀 벚꽃 바라보니
희망찬 노랫소리 들린다

약 력

• 《중랑문학》(2024) 등단
• 중랑문학신인상 우수상(2023)

벚꽃의 위안 외 3편

활짝 핀 벚꽃 바라보노라니
희망찬 노랫소리 들린다

어두운 달빛에
그리운 사람 적시면
내 마음은 촉촉이 젖어든다

그리운 사람
달무리에 비추면
꽃비 내려와

잠 못 드는 밤 등불 되어
근심의 밤 녹아내린다

자화상

거울 속에 비친
내 모습
양파의 세월 벗겨 본다

밤마다
맘과 다르게 변해져가는
애환의 얼굴

창백한 민낯은
퉁퉁 부은 설움까지
돌아가신 엄마의 얼굴이 된다

언제쯤 내 모습은
해맑은 꽃이 될까

티눈과 동거 중

약지 발가락에 박힌
작은 티눈
파고드는 아픔이 온몸 마비시킨다

아마 긴 세월
굳혀버린
병원 치료도 끄떡하지 않고

도려내는 아픔 피하고 싶은데
동거로 몸부림친다

일상의 삶도
티눈의 고통 없이 살 수는 없을까

알람시계

고함 소리에 눈떠
주방으로 간다

잠 못 이루던 늦은 시간
새벽에야 곤한 잠 청할 때
지친 몸과 마음 충전이 된다

나를
어떻게든
움직이게 한다

움틀거리게 하는 힘
반복되는 일상을
창작하는 삶으로 이끈다

류 병 도

한마디

봄젖, 파릇파릇 빗소리에 논두렁 민들레가 노랗도록 울어댄다
목젖이 다 보이게 우는 바람에 자드락밭이 통째로 들썩인다

약 력

- 《중랑문학》(2024) 등단
- 중랑문학신인상 우수상(2023)
- 중랑문인협회 이사

서남풍에 봄이 핀다 외 4편

두물머리
양지바른 곳 앉은
봄햇살 계절이 핀다
서남풍 휘몰아칠 때
밀치고 당기는 인고 바람
지나는 사람마다
머리카락 헤치고 등을 처댄다
볼그레 양쪽 볼 타고
가슴으로 내려온 줄기 따라
남한강 물비늘 위로
파릇파릇 눈엽 돋아난다

봄비

대지 품은

만물 속 축제

심산유곡

만유에 뿌린 자양분

무수한 사물 파고들어

실뿌리 키워

눈엽으로 틔운 푸성귀

겹겹 쌓인 지난 세월 허물들

수만 도랑 길 실개천 따라

늘어진 수양버들

해안 등대 물비늘 길

반짝반짝

춤추는 수평선 넘어

어머니 바다로 들어간다

도서 봉사

사월에
활짝 핀 꽃나무
중랑천 벚꽃 가지에 내려앉은
참새들의 수다 소리
봄바람 기지개 켜듯
활자 넘길 때
누구나 할 것 없이 세상 품는다
다양한 몸짓으로 춤추며
기다리던
옛 친구 마주한다

유년과 함께한 연못

초가집 위 봄햇살
어린 시절 달구던 초가집 하나
파릇파릇 새싹 돋는
포도밭 길 끝자락 삽짝 문 열면
검정 고무신 신고
매일 세수하는 나의 공간
수초와 미생물들이 반기던 곳
소금쟁이 달리는 돌 가장자리
수풀 살짝 들추면 수많은 생물 사이에
강하고 자비로운 동물 자라가 있다
앙증스럽게 헤엄치고 뽀끔뽀끔 호흡한다
보자기 책가방 어깨 메고 콧노래 부르며
산 고개 넘고 넘어 길 따라 학교로 간다

봄젖

여린 풀꽃들
옹기종기 밭두렁 품에 안겨
젖을 먹다
깜빡 졸다
파릇파릇 오시는 빗소리에
흠칫 놀라 울어댄다
민들레는 노랗게
냉이꽃은 하얗게
목젖이 다 보이게 우는 바람에
향기 품은
자드락밭이 통째로 들썩인다

박 숙 희

한마디

아버지는
내 삶의 길을 비추는
등불이 된다

약 력

• 《중랑문학》(2024) 등단
• 중랑신춘문예 우수상(2023)

길을 잃은 밤 외 4편

열 살 무렵 여름 방학 때
언니 집에 다녀가는 길
용산역에서 완행열차를 탔다

잘 못 탄 열차로 인해
심장은 덜컹 주저앉고
검표하는 눈길 피해 숨었다

길을 잃고 머문 늦은 이리역
희미한 가로등 아래 서서
떨리는 가슴 다독이며

새벽빛을 안고
집을 향한 애타는 기다림
그날의 떨림 조용히 소환해 본다

손길로 전하는 사랑

명절엔
한 달 전부터 생선 말리고
약과와 유과를 만드시던
따뜻한 손길이 떠오릅니다

새벽부터 밤늦도록
찬물에 담그던 시린 손
밥상 위에 쌓인 정성
자식 위해 올리셨지요

그때는 왜 몰랐을까요
고마움과 감사의 마음을
그 사랑이 나를 길렀음을

고향 달 차오를 때면
어머니 생각이 유난히 시리게 합니다

기쁨의 열매

뒤울안
감나무 한 그루
달콤한 미소로 유혹한다

바람 숨죽이듯
까치발 딛고 손 뻗는 순간
소담한 둥근 감 하나 손에 쥐면

할머니 호통치는 소리
두근거리는 가슴 쥔 채
허겁지겁 도망치던 발걸음

혀끝 설레기도 전
사라져 버린 작은 기쁨
아직도 가슴 언저리 잔물결인다

묵묵한 사랑

유년 시절 뒤로 하고
별 하나 품은 채
고향을 떠나던 날

입안에 맴도는 말
차마 꺼내지 못하고
얼굴만 어루만지며

떠나는 딸 바라보며
붉어진 눈시울로
뒷모습 멀어질 때까지
손 흔들며 서 있던 아버지

사랑한다 말은 없어도
그 울림 여전히 가슴에 남아
내 삶의 길을 비추는 등불이 된다

봄날 소묘

살랑이는 아지랑이 피어오르고
향긋한 꽃내음 묶어
유람선에 싣는다

물결 따라 흐르는 봄빛 위로
출렁이는 윤슬의 춤사위
뱃머리 찰싹이며 물길을 가른다

빛바랜 세월
자리마다 스며든 초록의 향연
기암절벽 품은 산자락
고요히 호수에 잠긴다

『시』

유 건 창

한마디

숨 막히는 하루 살다
간만에 올려다본 파란 하늘

얼음덩이 같은 한숨 뱉어 내고
한 줄기 노란 기억에 잠긴다.

약 력
• 중랑문학신인상 최우수상(2023)

안부 외 4편

숨 막히는 하루 살다
간만에 올려다본 파란 하늘

얼음덩이 같은 한숨 뱉어 내고
한 줄기 노란 기억에 잠긴다

이젠 하얀 벽화가 돼 버린 아이
어느새 해맑은 들판 뛰어논다

오랜만에 만난 누구를 본 듯
벅차올라 힘껏 이름 외쳐본다

순간 이는 바람에 응답하듯
뒤돌아보는 아이

마침내 마주한 얼굴
허나 닿을 수 없는 음성

그래도 물어본다면
이제는 말할 수 있다

그 아이는
잘 지내고 있다고.

관리인

깜깜한 박물관 속
일렁이는 검은 그림자
듬직하면서도 엄격한 뒷모습

역사가 수놓아진 무수한 유산
추억에 잠긴 듯 깊은 꿈에 든다

관복 갖춰 입고
검은 봉을 들고
홀로 감시한다

어느덧 시간 지나 아침 되어
커다란 창으로 고개 내미는
한 줄기 햇빛

이제야 자기 일 끝났다는 듯
좁혀지는 어둠 속으로
서서히 걸어 들어간다.

발자국

어둑한 숲속
뉘엿뉘엿 해 저물고
눈앞이 덮여간다

내가 쫓던 발자국
어둠 물든 흙 속으로 숨어들어
자취 감춘다

눈을 감겨버린 어둠 속에서
손 더듬어 나아간다

손에 닿은 차가운 자국
헤매는 나 이끌어 어딘가로 간다

하얀 햇빛 스며들어 어둠 녹이더니
자국도 선명해진다

눈 떠보니
내가 걷고
내가 남긴
내 발자국

사랑의 폐허

천지를 뒤엎듯
얼이 빠질 정도로

서로 부둥켜안고
뒤엉키던 광란의 시절

그토록 휘황찬란하던
그날의 영위

언제 그랬냐는 듯
흔적조차 찾을 수 없는
유구한 유적 되어

아무것도 바라지 않고
그 누구도 기다리지 않은 채

터만 남아 마주하는
그때의 흔적

천하를 호령하던 그날을 향유하며
터만 남은 땅에 뺨을 맞댄다.

피와 살

지금껏 쌓아온 산 하나 믿고
이제껏 살아왔건만

무언가를 내놓으라는 듯
숨통을 조여 오는 그림자

그것만은 줄 수 없어
이것저것 뒤져보니

내 몸 하나 남아 있네.

그것만은 줄 수 없어
살을 뜯어 바친다.

그것만은 줄 수 없어
피를 쏟아 바친다.

투쟁의 여정 속
기어코 지켜 낸 산 하나

나를 뜯어내 쏟아 내도
그거 하나 지켜서 괜찮단다.

유 지 우

한마디

바람은 철부지 심술쟁이
빗물인지 눈물인지 몰아치며 흔들지만
나무는 염불만 하며 바람 집 한 채 짓고 있다.

약 력

- 《중랑문학》(2024) 등단
- 중랑신춘문예 장려상(2023)

삼월에 내리는 눈 외 4편

햇살이 물든 창가에
뜻밖의 선물 같은 흰 눈
겨울이 두고 간
마지막 편지처럼
조용히, 조용히 내린다

꽃을 기다리는 마음에도
새하얀 눈이 쌓이고
흩날리는 눈발 사이로
봄과 겨울이
서로 안아주는 순간
시간은 조금 느려진다

이 눈이 다 지고 나면
그대의 이름처럼 포근한
진짜 봄이 올 것이다.

노년의 고독

고요한 방 하나
외롭게 앉아 있는 그림자
애써 웃음 지어보지만
눈물이 난다

주름진 손끝에
스쳐가는 기억들
물거품처럼 흩어지고
창밖에 나무는 푸르지만
내 안에는 깊은 겨울이 숨어 있다

지난날 웃음 지었던
정다운 목소리들
하늘로 사라지고
이 또한 삶의 일부분인 것을
소박한 마음으로 살아가리라.

아버지의 빈자리

찬바람이 부는 고요한 저녁
창가에 앉아 바라보면
당신을 생각합니다

따뜻한 손길
묵직한 목소리
삶의 길을 가르치던
든든한 울타리

이제는 기억 속에서만
만나야 하는 모습
아버지의 빈자리는
내 마음 한구석에
깊은 울림으로 채워집니다

아버지
당신이 계셨던 자리에는
그리움의 꽃이 피고 내 삶의 뿌리 되어
나를 지탱해 줍니다
사랑합니다.

나답게 살자

남의 그림자 속에서
비틀거리지 말고
가식의 안갯속에
길 잃지 말고

거친 비바람에도
중심을 견디어 내는
소나무처럼

때로는 비가 내려도
젖은 대지 위에
피어나는 꽃처럼

흐름 속에서
내 길을 만들어
오직 나답게 살자.

어지러운 세상

그림자 지운 하늘
갈 길을 잃고
요란한 소음 속에
잿빛으로 변해 가는 사람들

진실은 모래알처럼
손가락 사이로 빠지고
어둠 속에서 빛으로 가장한 거짓들
혼란 속에 갈 방향을 잃고
헤매고 있다.

그러나
흐린 하늘 아래
새벽은 찾아오듯
어지러운 세상에서도
우리는 방향을 찾아 앞으로 나아가야 한다.

『시』

문 복 금

한마디

쓸모없이 큰 나무도 쉴 그늘을 만들어 주듯
모든 것은 반드시 쓸모가 있다.

약 력

- 중랑신춘문예 시 부문 수상(2024)
- KT(주) 문예공모전(2023, 2024, 2025) 시 부문 수상
- 「시인시대」 동인, 「울타리문학」 동인

낙엽 외 3편

가을비 내리고 바람 휘몰아친다

비에 젖고 갈 길 잃어
바람이 이끄는 데로
숲에, 돌 틈 사이에, 계곡에, 길에 머문 낙엽

머물 수 있다는 건 희망

낙엽 되어 떨어질 때
나무뿌리 덮어 줄 수 있다면
씨앗 한 톨 따뜻하게 감쌀 수 있다면
나 썩어 질펀해도 머물 수 있다면

새봄 새싹으로 만나
윤회처럼
또 한 시절을 보낼 수 있다

가을비 내리고 세찬 바람만 분다

가지 끝 단풍잎 하나
언젠가는 내려놓아야 함을 알 듯

숙명처럼

바람 따라가는 낙엽의 생이 보인다.

장승

고향 마을 외로운 고갯길
천하대장군, 지하여장군
수호신 장승이 서 있다

지난날
바람과 구름과 별 스치고
길 가던 사람들
마음속의 소망을 빌어 왔던 곳이다

먼 길 온 나그네
역경 지나온 슬픔과 고난
위로하듯
은밀한 정 스며 있다

천년 세월 지나
비바람에 시달려
이젠 먹글씨 흔적만 남아
외롭게 서 있다

우리 조상들이 그랬듯

힘없고 가난한 자에게 희망을
불행하고 상처받은 자에게 위로를
실패가 있어도 포기하지 않는 한
뜻있는 곳에 길이 있어 꿈을 이루도록

질곡된 삶의 기도
해학적 웃음 머금고
아무도 들을 수 없는 이야기 듣고 있다.

꽃샘

해빙앓이일까?

꽃샘이
흔적을 남기고 있다

떠난 줄 알았건만
무슨 미련이 남았는지
동장군 자리
시샘한다

봄바람에
깨어난 꽃송이
먼 길 떠나는 나그네
발길 무겁다

혹한의 날들 많을지라도
봄은 오고
만물은 소생하는데

절망한 꽃잎
흔적 지우며

동요하지 않는 표정
세상이 주는 가르침 크기만 하다.

호접란 피고 지고

네가 피던 날
나의 마음은 환희의 봄처럼
봄빛 가득하다

봄빛 화사하고
네가 피어오르던 날
나의 가슴은 희망의 봄처럼 설렜다

희망의 속삭임으로
피고 지고
피고 지고
정든 벗 같은 존재였는데

굽은 등줄기
마지막 피워 낸 생명꽃
슬프도록
외롭다

우리의 운명
한 세대가 가고
다음 세대가 오듯
생의 한 시절이 지고 있다.

『시』

차 혜 리

한마디

흔들리는 불안 마주하며
꿈을 찾는다

약 력

• 제9회 중랑문인협회 우수 신인상(2024)

생(生)의 노래 외 2편

온몸 뒤덮는
생(生)의 고통
밤낮을 힘겹게 한다

몸서리치며 지새운 밤
버텨 내는 시간과 이겨 내려는 자아
무색하게 만든다

증발하는 꿈
각질로 남기고 짓무르게 하는
하루의 욕망 끊어 내면
생의 미련 엉겨 붙는다

마법의 시간

아무에게도
구애받지 않는
모두 잠든 시간

고요 속
자유로울 때까지
나는 발 빠르게 움직인다

늘 여유로움을 갈망하지만
흔들리는 불안 마주하며
꿈을 찾는다

누구에게도
보이지 않고 흔들리지 않는
마법의 연습 시간

스페인 세비야를 다녀와서

1.

플라멩코 춤 계기로 지인을 만났다 늘 변함없는 모습이 반가웠다 우리
는 식사하는 도중 언니는 "올겨울에 플라멩코 배우기 위해 스페인가요, 2
주 정도 숙소 공유할 테니 올 수 있나요?" 제안했다 평소라면 거절할 텐데
순간 아무 생각도 없이 허락했다 사실, 국내여행조차 자유롭게 시간 내지
못하는 내가 아니던가! 하지만 2년 전 지금처럼 비슷한 초대로 도쿄에 갔
던 기억이 떠올랐다. 당시 언어의 장벽을 넘어 새로운 세상을 깨우치는 시
간이 좋았던 걸까? 서슴없는 제안이 다시 오지 않을 기회처럼 느껴져 서
슴없이 말했다 "언니와 함께라면 어디든 좋습니다!"라고 기분 좋은 답변을
첨부해 주었다. 이후 설레는 마음으로 여행 준비를 했다.

2.

비행기로 15시간, 기차로 2시간 반을 더 내려가서 지구의 반대편 스페인
세비야에 도착했다. 촉촉하지 않은 입에서 나오는 첫마디는 "정말 너무 멀
다"였다 그곳에서 언니를 만나 한국어를 한다는 것조차 크나큰 안도감이
들었다 주변을 둘러보니 노란 건물과 색색의 그래비티가 눈에 들어온다
가로수는 귀여운 오렌지 나무와 사람들은 한결같이 눈도 크고, 코도 높은
외국인뿐이다 밀려오는 낯선 분위기는 타국이라는 선입견에 소외감이 스
며든다 그들과 다른 내 얼굴이 낯설게만 느껴진다 마치 아기가 세상에 나
와 거울을 봐도 자신을 인식하지 못하는 것처럼. 그러나 플라멩코 선생님,
의상 가게 아주머니, 망톤가게 아저씨 등 세비야 사람들의 친절에 동양인

의 기죽었던 생기는 서서히 활기를 찾는다.

3.

　뜨겁고 무더운 여름, 투우 경기, 플라멩코는 전 세계를 강렬한 문화로 탄생되어 매혹시킨다 그래서 세비야는 춤 문화강국인가? 세계 각국에서 플라멩코를 배우러 온다 나 역시 플라멩코 학원에 등록하여 2주간 수업에 참여했다 일본인, 중국인, 아르헨티나, 영국, 스위스, 미국인들과 함께했다 나라는 다르지만 우리는 친구가 되어 추억을 하나씩 쌓았다 나의 전공인 발레와 플라멩코로 소통하니 엄청난 기쁨을 얻는다 언어의 장벽을 넘는 예술문화의 세계를 만끽한다.

4.

　그토록 힘들게 했던 걱정과 감정들이 지구 반대편에서는 작은 티끌처럼 여겨졌다 진득한 우울과 보이지 않는 갈등에 아등바등한 나는 우물 안 개구리였다 편견적인 생각들이 무너져 한 치 앞도 모르는 인생에 '긍정의 기운'이 샘솟는다 돈과 시간을 앞세우던 사사로운 생각이 사라진다 그 자리에 새로운 꿈을 꾼다 상상할 수 없는 마음의 여유가 내 몸을 휘감는다.

『시조』

이형남

한마디

고라니
발자국에
봄이 찍혀 냉이꽃 웃네

약력

- 《시조시학》(2011) 신인상 등단
- 《중앙시조》(2022) 장원, 한국가사문학 대상(2021), 중랑문학상
  우수상(2017), 열린시학상(2018)
- 열린시학 이사, 시조시인협회 회원, 중랑문인협회 이사
- 시조집:『쉼표, 또 하나의 하늘이다』현대시조 100인선, 『꽃, 광
  장을 눙치다』, 『꽃물 드는 하루』
- 가사시:『설산(雪山)을 사다』
- 동시조집:『나무 이발사』

너울거리다 외 2편

고라니

발자국에

봄이 찍혀 냉이꽃 웃네

어디쯤이 내 자리일까 언제쯤 웃어볼까

돌 틈에 나도 바람꽃

얼비치는

난민들

위기의 바다*

바벨탑 다시 쌓듯 우주를 겨냥하나

별들을 타진하는 긴박한 사이렌 소리 욕심이 소멸을 자처한 지구별 위기 탈출 경종이 울려 울려서 꽃모종 한판으로 달을 꾸며 별천지 계수나무 숲 무릉도원 꿈꾸는지

앞서간 발자국 스륵 따라 달 천지를 꾸민다

* 블루고스트의 착륙지

돌고래 생태법인

하늘과 땅 바다를 위해 별빛 낙관 갖추었나

우주 속 둥근 지구별 한 폭의 산수화로 남기 위하여 새들의 노래와 우짖
는 날것들, 물빛 공평과 연초록의 양심, 그 생생함과 공정을 짙푸르게 잇
도록

우리는 호모 심비우스* 찬란한 깃발 세우자

*Homo Symbious: 인간이 자연과 공생하는 관계라는 개념을 담고 있는 용어.

『시조』

백 승 호

한마디

봄을 이기는 겨울은 없습니다.
세상도, 세월도 그렇게 순리대로 돌고 흘러갑니다.
그래서 우리는 더 밝고 따뜻하고 아름답게 사랑하며
살아가야 합니다.

약 력

- 월간 《문학공간》(2003) 등단
- 한국문인협회 회원, 「바림」詩 동인
- 시집:『골짜기 돌아 돌아』(2019),『한 방울의 물이 되어』(2010)
- 사화집:『바림의 시인들』외 다수

수타사 그 길목 외 4편

옆구리와 엉덩이에 끔찍한 수탈 자국
허벅지와 정강이에 처연히 깊은 상처
치 떨린 일제 만행에
울부짖은 소나무

바람도 쉬어 가는
수타사 그 길목에
가혹한 그 생채기
이 어인 변고인가
쓰라린
이 가슴이여!
버림받은 산하여!

어디가 잘못이고
또 무엇이 문제인가
말 못 할 그 고통에 응어리진 그 세월
기막힌 시절을 넘은 삼천리의 뭇 백성

느티나무 그늘

마을 어귀 제일 명당
시원한
바람 길목
쓰르라미 맴맴맴 무더위 식혀 주고
시름도
잠을 재우는
느티나무 그 그늘

하얀 길

쇠털 같은 날들이
언제 그리 갔을까
어제가 봄 같은데
여름 가을 지났네
어느새
눈이 내리는
하염없는 뒤안길

장기판

졸과 병 탐색전에 마와 상의 신경전
포 넘기고 차 나가니
궁 내리고 사 올리네
신나게 쫓고 쫓기는 숨 막히는 초한전

틈새를 본 이 영감 우쭐해서 장이야!
묘수 찾은 김 노인 어림없다 멍이야!
가려운
훈수꾼의 입
누구 술을 먹을까

너나 나나 인생은
장기판의
졸이라고
개똥철학 읊어대던 그 친구 어디 갔나
번갈아 이기고 지는 너와 나의 인생판

장돌뱅이

별거 아닌 물건들 정으로 넘겨주러
장이 서는 곳이면 어디든 찾아간다
무수한
삶의 애환을
한 짐 가득 지고서

『수필』

서 금 복

한마디

어머니보다 두툼한 지갑을 가졌건만, 어머니는 얇은 지갑에 차곡차곡 모아둔 용돈과 함께 편지를 주셨다. 길지 않고 달필이 아닌데도 내가 받은 명품 중의 명품 편지가 '늘 情 나누며 살라.'고 다독인다.

약 력

- 《문학공간》수필(1997), 《아동문학연구》동시(2001), 《시와시학》시(2007) 등단
- 인산기행수필문학상, 우리나라좋은동시문학상, 한국수필문학상 등 수상
- 아르코 유망작가, 우수작품집, 세종문학나눔 선정
- 한국문인협회 중랑지부장(7대), 중랑문인협회 고문, (現)한국동시문학회 총괄부회장, 한국수필 편집장
- 수필집:『수필 쓰기에 딱 좋은 사람들』외 2권
- 동시집:『상봉역에서 딱 만났다』외 4권
- 시집『세상의 모든 금복이를 위한 기도』

달력을 만들었다 외 1편

20여 년 전 혜화동에서 시를 공부할 때였다. 연말에 교수님께서 달력 선물을 주셨는데 부러움을 감출 수 없었다. 유명한 시인의 시야 그러려니 했지만, 내가 잘 모르는 시인들의 시 앞에서는 달력이 쉽게 넘어가지 않았다.

'얼마나 잘 써야 달력에 실리는 걸까.' 부러움이 차고 넘치자 '나도 언젠가는 시 달력에 실리겠지.'라는 대책 없는 희망이 꿈 바닥을 적셨다. 지금 생각해 보면 등단 전, 천둥벌거숭이라 가능했었다.

그 후 시보다 수필과 동시에 몰두하면서 '시 달력'에 대해선 까맣게 잊고 살았다. 해마다 가족사진으로 달력을 만들어 주는 아들 선물에 푹 젖어 있었기 때문이다. 그런데 얼마 전 아들에게 달력을 받고 내가 달력을 만들어야겠다고 생각했다. 손자들이 초등학생이 되니 어린이 특유의 달콤한 미소가 사라진 까닭도 있지만, 가족 중 누군가 소외감을 느낄까 봐 가족 단체 사진을 사용하니 비슷비슷한 자세에 익숙한 웃음이 달력 전체를 메우고 있었다.

'그래, 이젠 내가 만드는 거야.' 기념사진이 아닌 손자들의 일상과 스치듯 지나가는 말을 듣고 쓴 내 동시와 짝이 맞는 사진을 찾기 시작했다.

우리 동네에 있는 봉수대에서 휘날리는 국기를 보며 "국기에 대한 경례!" 하니까 유치원생인 작은손자가 태극기를 향해 "안녕하세요?" 하며 고개 깊숙이 숙여 인사하는 모습, 가족들 모여 오디를 따는 6월의 사진, 추석날 가족 모두 손잡고 걷던 달빛 기차, 업그레이드 안 된 할아버지네 노래방 기계 때문에 〈독도는 우리 땅〉과 〈애국가〉를 4절까지 부르는 손자들의 모습 등을 핸드폰 앨범에서 찾아내어 동시와 짝 맞췄다. 월별로 명절과 가족의 생일 및 기념일까지 표시하고 나니 20여 년 전 꾼 꿈이 헛되지 않았다는 생각이 들었다.

얼마 전, 방학을 맞아 놀러 온 손자들에게 달력을 보여주니 고맙게도 자기네들 사진보다 내 동시에 관심을 보이며 소리 내어 읽다가 깔깔 웃는다. "할머니! 내가 정말 그랬어요?" 하면서…. 그중 한 놈이 내게 미안하다는 듯 말꼬리를 길게 늘이며 말한다. "할머니! 성적표 받았는데요, 모두 잘함인데요, 문학만 보통이에요. 죄송해요. 할머니가 시인인데…." "어? 초등학교 3학년에 문학이라는 과목도 있니? 괜찮아. 할머니는 국어만 잘했는데, 너는 수학도 잘하고 노래도 잘하잖아." 그랬더니 다른 손자가 끼어든다. "그 대신 할머니는 유명하잖아요." 그 말에 눈치 빠른 초등학교 1학년 손자가 잽싸게 핸드폰 속에 살고 있는 AI에 묻는다. "우리 서금복 작가 할머니는 몇 등이야?"

AI가 한참 머리를 굴리더니 이렇게 대답했다. "서금복 작가에 대해선 아직 자료가 없습니다." 그런데 우리 손자 네 놈이 밤늦도록 어찌나 여러 번 물어봤는지 다음 날 아침에 똑같은 질문을 받은 AI가 대답했다. "서금복 작가는 1997년에 수필로 등단했고…."

누가 알아주든 말든 묵묵히 걸어야 하는 문학의 길에 드디어 손자들이 내 손을 잡아 주었다. 그것도 네 명씩이나… 내가 용기 내어 달력을 만든 덕분이다.

그들이 보내준 명품

을사년이 열리자마자 명품이 날아왔다.

    카톡을 접고 편지를 쓴다. 축약과 이모티콘이 눈에 삼삼하다. 펜을 잡은 손
이 떨린다. 뒤죽박죽 글자들이 밖으로 뛰쳐나갈 기세다. 부끄러움에 편지지
를 구기려는 순간 글자들이 화르르 꽃으로 변한다. …

    원주에 사는 R 작가가 보낸 편지는 온통 꽃밭이다. 화선지에 만발한 연
분홍 꽃 그림 옆에 캘리그래피로 정성스럽게 쓴 편지. 그 꽃밭을 한참 바
라보다 유리 장식장으로 옮긴다.
    같은 날, 춘천에 사는 P 작가에게 온 편지도 장식장으로 들어간다. 그녀
는 〈… 저의 첫 작품집을 읽고 칭찬을 아끼지 않으셔서 감사했습니다. 큰
힘이 되었습니다. …〉라는 내용과 함께 곱게 말린 네잎클로버를 코팅해서
보내왔다.
    책꽂이에 꽂혀 있는 주고받은 편지 파일 50권으로 모자라 얼마 전에 3
층 유리 장식장을 장만했다. 그 안에 혼자 보기 아까운 편지들을 오늘처
럼 옮겨놓는데 그 경쟁률이 만만치 않다.

    어릴 때부터 편지를 자주 쓴 편이지만, 결혼 후에도 많은 이와 편지를
주고받았다. 신혼 초에는 해외로 일하러 간 남편과 일주일에 한 통 이상

주고받았는데, 나는 조금이라도 더 많은 소식을 전하려고 타자기로 타이핑을 해서 서너 장씩 보냈다. 남편은 내게 보내는 편지 말고도 다섯 살, 두 살이었던 아들들에게 온갖 그림을 그려서 보냈다. 꽃과 새가 다정하게 이야기하는 그림이거나 때로는 파도를 헤치고 나오는 범선을 그려 보내며 가족에 대한 사무치는 그리움을 달랜 듯하다.

우리 가족의 편지 사랑은 손자까지 이어져 생일, 결혼기념일, 명절에 축하 카드를 주고받는다. 그 카드들은 〈부부유별〉, 〈부자유친〉이라고 이름 붙인 편지 파일에 보관하는데, 남편의 그림 편지와 며느리들이 결혼할 때 보낸 꽃 편지는 우리 집 명품 편지로 따로 자리 잡고 있다.

36년 전에 시작한 나의 〈편지마을〉 활동도 현재까지 이어지고 있다. 전국에 흩어져 사는 주부들과 주고받은 편지는 열 권의 파일에 있는데, 그곳에선 옥석을 가려낼 수 없다. 한결같이 진솔하고 다정하기 때문이다. 그래도 굳이 몇 통 가려내라면 전주에 사시던 K 선배님의 편지를 꼽고 싶다. 한지나 부채에 연꽃을 자주 그려 보내셨던 선배님은 고인이 되신 지 오래되었지만, 우리 집 유리 장식장에는 여전히 덕진공원 연꽃이 피어 있다. 또 내가 작품집을 보낼 때마다 붓펜으로 작품 한 편을 옮겨 놓고, 독후감을 써서 1미터가 넘는 두루마리 편지를 보내준 창원에 사는 H 후배의 편지도 나는 명품으로 친다.

편지 파일에는 가족, 회원들의 편지 말고도 수필가, 동시인, 시인에게 받은 편지가 가득하다. 몇 년 전 내가 문학상을 받았을 때 보내주신 M 선생님의 축하 편지, 직접 그려 보내주신 A 선생님의 연하장도 내게는 명품이다. 모임이 끝나면 회원 수대로 사진을 현상해서 보내주신 다정다감한 N 시인의 편지도 3층 유리 장식장에 들어 있다.

편지는 상대에 대한 '진정성'이 없이는 쓰기 어려운 것이기에 나는 받은 편지를 한 장도 버리지 않는다. 그런데 내 안에 속물근성이 있어서 그런가, 유명한 분들에게 받은 편지는 조금 더 귀하게 여겨진다. 또 이상하게도 유명하신 분들이 보내오는 편지는 글씨체도 좋고 내용도 좋아서 이분들이 오늘날 문단에서 빛을 내시는 게 우연이 아니라는 생각이 든다.

나름 많은 사람과 어울려 살고 있다고 생각하다가도 때로는 소외당한 듯, 외로울 때가 있다. 그럴 때는 편지 파일을 정리한다. 최근에 받은 편지들을 비닐 파일에 넣으면서 '내가 이렇게 많은 사랑을 받는구나.'라는 깨달음은 '이제는 받기보다 주는 데 노력해야 할 나이'라는 깨달음으로 이어진다.

사실 편지 파일 50권 중 반 정도는 내가 보낸 편지다. 나는 내가 보낸 편지도 대부분 복사해 놓는다. 그런데 세월이 흐를수록 보내는 편지의 수가 줄어든다. '시간이 없어서 못 쓰는 게 아니라 정성 없이는 쓸 수 없는 게 편지'라고 내 입으로 말해 놓고도 바쁘다는 핑계로 게으름을 부린다. 그럴 때마다 컴퓨터 책상 위에 놓인 친정어머니의 편지에 눈길이 머문다.

'나이가 들수록 믿고 의지가 되는 내 딸. 항상 친정 걱정하며 도와주는 너에게 미안하고 고맙다. 더 나이 들기 전에 아범과 모든 걱정 떨쳐 버리고 편한 마음으로 즐거운 여행하기 바란다. 얼마 안 되지만, 엄마의 정성이니 필요한 물건 사서 써라. 자랑하고 싶은 내 딸, 건강하고 행복해라. 2024년 8월 7일 엄마가 씀.'

작년 여름, 한국수필가협회 해외 심포지엄 행사로 떠나기 며칠 전에 어머니께서 내게 주신 편지다. 어머니보다 두툼한 지갑을 가졌건만 어머니는 얇은 지갑에 차곡차곡 모아둔 용돈과 함께 편지를 주셨다. 길지 않고

달필이 아닌데도 내가 받은 명품 중의 명품 편지가 '늘 情 나누며 살라.'
고 다독인다.

『수필』

박 남 순

한마디

초원에 곱실곱실 풀을 뜯는 양 떼들은 눈비를 맞으며 그대로
다.
추울까 걱정했지만, 털옷을 입은 그들은 지금 샤워 중일지도
사람의 시점만이 모든 것에 정답은 아닐 것이다.

약 력

- 《순수문학》(2001) 등단
- 중랑문학상 대상(2013)
- 한국문인협회, 한국수필가협회 회원, 신내복지센터 글쓰기강사,
  한국문인협회 중랑지부장(6대), 중랑문인협회 고문
- 수필동인 글빛나래, 목우수필문학회 동인
- 수필집:『세월의 숲』(2014),『다시, 봄』(2024)

나는 반딧불이 외 1편

〈나는 반딧불〉은 요즈음 한참 유행하는 노래 제목이다.

'자신이 빛나는 별인 줄 알았는데 한 번도 의심한 적 없었는데, 지금 알고 보니 반딧불이지만 그래도 괜찮은 것은 자신이 어찌하든 눈부시니까.' 하는 노랫말에 많은 사람이 동감을 하며 20년 무명 가수가 한창 인기를 끌고 있다. 나도 노랫말에 빠져들고, 그 가수의 목소리에 마음이 뭉클하여 추억에 젖어서 즐겨 듣고 있는 노래다.

반딧불이는 유년 시절 여름날이면 흔하게 만나던 곤충이다. 청록색 빛을 쫓아 신작로를 달리고 허공을 휘저으며 따라다니느라 분주했지만, 난 꿈을 잡으러 날아오르는 기분이었다. 초저녁이면 눈앞에 휘휘 날다가 쌩하고 높이 오르는 그 무리를 쫓느라 땀을 뻘뻘 흘리곤 하였다. 그러나 환경이 오염되고 촌에도 전깃불이 들어오고 밤낮으로 환하다 보니 내가 성인이 된 후로는 만나기가 쉽지 않은 곤충이 되었다. 요즘에는 지방 자치단체에서 많은 수고를 하여 반딧불이 축제를 하는 지역이 생겨났다. 그래서 어른들에게는 추억을 아이들에게는 꿈을 꾸게 한다.

지난해 봄, 우리 부부는 호주와 뉴질랜드를 다녀보려고 여행길에 올랐다. 30여 년 전쯤 친목 모임에서 뉴질랜드 북섬만 잠시 다녀왔지만, 남섬과 호주를 다녀볼 요량으로 두근두근 여행길에 올랐다.

입국 전부터 그 두 나라의 많은 주의 사항이 여행사를 통해서 왔다. 천혜의 자연을 지키고자 한다니 따를 수밖에 없다. 농수산물은 물론 간식과

하물며 복용하는 약이나 건강 보조 식품까지도 통과하기가 어렵다 했다. 출발 전 복용하는 약을 일일이 그 이름과 복용 이유를 영어로 기재하느라 땀 좀 흘렸다. 입국 시 여행 가방은 범법자들의 가방을 뒤지듯 하나하나 샅샅이 뒤지면서도 나이 많은 세관원 여성이 연신 미안하다고 하였다. 정말 이 잡듯 입국자들의 가방을 뒤졌다. 살짝 불쾌했지만 자국의 환경을 지키고자 한다니 참을 수밖에 없다. 코로나 팬데믹 이후 더 심해졌단다.

그러나 여행 중 그들의 국토를 오가며 훼손이 없어 보이는 자연을 보며 그 이유를 충분히 알게 되고 수긍하게 되었다. 그 두 나라는 아직도 내가 유년기를 겪던 청정지역 고향 동네 그 시절 같았다. 시냇가나 산골 도랑물 어디서나 엎드려 마실 수 있던 그 깨끗한 물이 아직도 유지되는 것 같다. 대도시를 빼고는 어디를 가든 여행 내내 호텔마다 음료 물이 방 안에 없다. 그대로 수도에서 물을 받아 마시라 빈 물병만 있었다. 처음엔 찜찜했지만 마셔보니 물맛이 신선하여 나중에는 편하게 마실 수 있었다. 잘 커가는 산림들이 끝도 없이 펼쳐지니 청정한 공기가 머리를 맑게 하며 여행 내내 피로감이 적다. 방목하는 양 떼와 젖소들과 사슴들이 벌판에 주인이 되어 유유자적하고 노닌다.

여행이 끝나갈 무렵 북섬으로 왔다. 30여 년 전 이곳에 왔을 때 갔던 반딧불이 동굴에 갔다. 발걸음 소리는 물론 숨소리도 줄여야 할 만치 조용조용 동굴 속을 밧줄을 따라 움직이는 배를 타고 들어가니 반딧불의 불빛이 은하수를 방불케 펼쳐진다. 소우주 같다. 그 불빛이 영롱하고 얼마나 아름다운지 눈이 부실 정도였다. 예전보다 훨씬 개체 수가 많이 늘어 그 빛의 축제가 더 환상적이다. 나중에 밖으로 나와 이유를 알았다. 코로나 동안 관광객을 입장시키지 않다 보니 자연스럽게 그 개체 수가 많이 늘었다 한다. 역시 자연은 인간의 손길이 덜 닿아야 그대로 유지되나 보다. 여행 내내 그들이 왜 철저하게 환경보존을 중요시하는지 알게 되었다. 며칠 동안이지만 상큼한 공기를 마음껏 마시고 다니니 피곤도 덜 오는 것 같았다.

그곳 하늘의 구름은 마을로 내려와 사람들 가까운 곳에 와 있다. 조금만 손을 뻗으면 닿을 것 같다. 산 중턱에 걸려 있는 구름이 얼마나 가까이 있는지, 올라가 구름 속으로 들어 가고 싶었다. 뉴질랜드의 남섬을 다니는 동안은 가을의 문턱임에도 연신 비와 눈발이 날려 추울 정도인데, 끝도 없이 이어지는 초원에 양 떼는 곱실곱실 풀을 뜯으며 눈비를 맞으면서도 그대로 그 들판을 가득 채운다. 춥지 않을까 양 떼가 가엽게 느껴지기도 하였는데, 생각해 보니 그들은 털옷을 입었으니 어쩌면 그 순간이 시원하게 샤워하는 시간 같기도 하였다. 사람의 시점만이 모든 것의 정답은 아닐 것이다.

인구보다 몇 배나 많은 양과 젖소와 사슴들을 보니 그들은 부유하고 건강한 낙농 국가임을 알겠다. 공장 굴뚝이 없는 나라지만 자연을 그대로 유지하며 자자손손 그 자연을 보전하려는 노력이 경이롭다. 우리에게도 그런 안목과 정서가 되살려져 지금이라도 더는 자연이 훼손되는 일이 덜 하면 얼마나 좋을까?

올여름 손자들과 반딧불이를 만나러 가야겠다. 자연을 지켜 내는 일이 후손들에게 얼마나 중요한 일인지를 우리는 정말 더 많이 깨우치길 바란다.

한동안 눈 감으면 그 청정한 자연과 반딧불이가 아른거릴 것이고 그리울 것이다.

예루살렘 성을 바라보며

이제 여행이 막바지에 이르렀다. 자유여행 2일 차다.

일행 여섯 명은 아침을 들며 오늘 가야 할 곳을 의논하였다. 무작정 걷거나 택시를 타기로 했다. 우선 택시 2대를 불러 히브리 대학 정문으로 갔다. 그곳에서 식물 박사 L 님의 식물 관찰에 동행하여 조수가 되고, 함께 예루살렘 성을 건너다보며 나름대로 성지순례 마지막 일정을 자유롭게 즐기며 걸었다.

식물 촬영 후 우리가 어렵게 지도를 보며 찾은 곳은 BYU 대학 이스라엘 센터다. 예수그리스도 후기 성도 교회 재단 대학의 이스라엘 캠퍼스인 거다. 걸어서 찾아간 그곳에선 새로운 신선한 영적 느낌을 받았다. 고향에 온 듯 평안함을 주며 며칠 간의 피로가 싹 달아나는 듯 상쾌하다. 봉사자들의 친절한 안내로 구석구석 잘 돌아보았다. 새롭게 영적인 기운이 둘러싸여 힘이 절로 나온다.

예루살렘 성이 마주 보이는 언덕에 자리 잡은 캠퍼스는 명당이다. 구예루살렘 성이 한눈에 들어온다. 이스라엘은 선교사업을 정식으로 승인하지 않는다. 타 종교가 새로 자리를 잡으러 들어가기가 어렵다 한다. 벌써 그 땅에는 유대교, 기독교, 천주교, 이슬람교, 러시아 정교회 등 다양한 종교가 좁은 예루살렘 성에 붙어서 북적댄다.

예수그리스도 후기 성도 교회에서는 그 땅을 100년 가깝게 임대를 하여 대학 캠퍼스로 사용하고 그곳 학생과 교수, 이스라엘에 있는 외교관,

사업가 등이 안식일에 모여 예배를 보는 중이라 한다. 400여 명에 달하는 교인들이 그곳의 법에 따라 토요일이면 예배를 보는 중이다. 그러나 정식 선교사업은 금지되어 있다 한다.

그곳 강당에 대형 통유리창으로 건너다보이는 풍경은 장관이었다. 황금 돔이 눈에 선명하게 들어오고 솔로몬 성전 성벽이 코앞에 있다. 예루살렘성과 정면으로 마주하고 있는 이곳에서는 다른 느낌의 성스러움이 가득하다. 옆으로는 그 유명한 히브리 대학 캠퍼스가 우측에 있고, 센터 좌측으로는 유대인들의 묘소가 발 디딜 틈도 없이 빽빽하게 들어선 공동묘지가 그리 멀지 않은 곳에 있다.

예루살렘 성과 마주한 가까운 곳에 공동묘지가 있는 이유는 메시아가 오실 때 속히 마중하기 위해서라 하는데, 아이러니하게도 그들은 아직 예수님의 탄생도 대속도 받아들이지 않은 민족이 아닌가?

그다음 날이 토요일인데 이곳의 규칙에 따라 안식일로 정하고 지킨다 하여 다음 날 다시 오기로 하고 아쉽게 발걸음을 돌렸다.

건너다보이는 예루살렘 성 입구까지 걸어 내려오는데 그곳은 겟세마네 동산이 있는 곳과 가깝고, 예수님이 마지막 종료 주일을 보내신 흔적이 있는 곳이었다.

우리 일행은 가이드와 첫날 돌아본 예루살렘 성안을 다시 돌아보기로 하고 무작정 걷고 또 걸었다.

우리끼리만 순례길을 두 번째로 차분하게 다녀올 수 있었다. 골고다 언덕까지의 고행길을 다시 느끼며 찾아 걷고, 예수님의 무덤으로 추정하는 예배당에서는 상징적인 유물들을 돌아보았다. 관람객이 넘쳐나 정신 없어도 다시 한번 그 통탄할 일을 느끼고 나왔다. 서쪽 문으로 잘 찾아 나와 통곡의 벽으로 내려오는 길은 미로이기 때문에 정신을 집중하며 내려왔다. 그 광장은 늦은 오후 시간임에도 북적인다. 하지만 가이드의 정해진 시간이 없으니 한가하게 유유자적하며 유대인의 할례식을 보았다. 그들은 유대교의 까만 복장을 하고 예루살렘 성을 바라보며 그들만의 의식을 거행하고 있다. 남녀가 들어가는 입구가 다른 통곡의 벽으로 들어가 잠시 기도하고 돌아서 나왔다. 그들이 '디아스포라'를 겪다 다시 돌아오니 성전 안으로 들어갈 수 없음을 탄식하여 울부짖으며 기도하던 장소였다는데, 지금은 상징적인 장소인 것 같다.

이번 여행길은 내 신앙생활 50년을 지나 보며 부족한 신앙이지만 집으로 돌아와 다시 복습하고 찾아보고 생각하는 일상이 오래 계속되었다.

아직도 눈 감으면 BYU 센터 통유리창으로 건너다보이던 예루살렘 성이 눈 앞에 펼쳐진다. 또 한 번 가도 좋을 여행지다.

『수필』

김 준 태

한마디

나이 아흔이 넘자 부모님의 마음이 조금은 이해가 된다. 자식
이 가까이 있어 수시로 왕래하는 것이 진정한 효도라는 걸 이
제야 알겠다. 그때 더 자주 찾아뵙지 못한 것이 한스럽다.

약 력

- 《문예사조》(2002) 등단
- 중랑문학상 우수상(2010), 중랑문학상 대상(2017)
- 한국문인협회 회원, 한국수필문학협회 운영위원회 이사, 중랑문
  인협회 고문, 「미리내」동인

학교 순례 1. **기전여중고** 외 1편

　나는 아흔을 넘긴 나이에도 여전히 학교의 추억 속에 산다. 돌이켜보면 한평생을 교육에 봉직하며 살아왔다. 교직 생활만 해도 36년에 지금까지 유치원 이사장직에 있다. 1963년 3월 초, 전주기전여중고에 처음 부임해, 1999년 8월 말 면목고등학교에서 정년퇴임했다. 그동안 열 곳의 학교를 거쳤다. 사립학교에서 6년, 공립학교에서 30년간 중고등학교 남녀공학, 남학교, 여학교를 두루 경험했다. 교사의 본분은 가르치는 일이지만 나는 교무행정, 그중에서도 특히 상담 업무를 오래 맡았다. 사람들이 여행을 다녀오면 기행문을 쓰듯, 나도 내가 오랫동안 몸담았던 학교들을 되돌아보며 그 여정을 글로 남겨보고자 한다.

　첫 번째 학교, 전주기전여중고
　첫사랑이 오래도록 기억에 남듯, 나에게도 첫 부임 학교는 특별하다. 대학을 졸업하던 1961년, 국민학교 후배였던 박찬도 선생님이 기전여중고 교사 채용 소식을 전해주었다. 그 소식을 듣고 나는 생애 처음으로 이력서를 써 보았다.
　기전여중고는 1900년, 미국 선교사들이 세운 유서 깊은 학교였다. 그러나 1937년 일제강점기 신사참배를 거부해 폐교되었다가 해방 후 1946년에 다시 문을 열었다. 미국 남장로교가 세운 선교 목적의 학교로, 같은 재단에 속한 학교들이 전주 신흥기전, 광주의 수피아, 목포의 정명, 순천의

매산 등이 있다.

내가 처음 부임했을 당시 기전여자중고등학교는 고등학교 5학급, 중학교 6학급, 총 11학급의 소규모 학교였다. 복수전공자를 선호했기에, 채용시험도 국어, 영어, 수학, 사회, 과학, 성경 등 다양한 과목의 필답고사와 면접을 했다. 결과는 불합격이었다.

마침 그즈음 농림부 산하 농촌진흥청에서 지도직 공무원을 채용한다는 신문 공고가 나서 시험을 봤는데 합격해 사회에 첫발을 내디뎠다. 첫 발령지는 전북 금산군 농촌지도소였다. 그러나 1962년 12월, 금산군이 행정구역 개편으로 충남에 편입되며 희망 근무지를 선택하라고 했다. 나는 고향 전북에 남고 싶어 했더니 순창군 농촌지도소로 전근이 됐다. 자리를 잡고 일을 시작할 즈음 2월에 기전여중고에서 연락이 왔다. 나는 사표를 내고 학교를 선택해 1963년 3월에 교사로 부임했다.

교단에 서기까지

농촌지도소에서의 일은 마을 지도자들과 함께 농촌 발전 방안을 논의하고 실행하는 일로 훗날에 '새마을운동'의 전초전이라 할 수 있었다. 그러나 학교로 오고 보니 전혀 다른 세계였다. 매일 교재 연구에 몰두하고서야 교단에 설 수 있었다.

그해 4월, 고3을 맡았던 선생님이 서울로 전근을 가면서 내가 고3을 맡게 되었다. 교직에 막 들어선 초년병인데다 거의 3년 동안 전공서적을 손에서 놓고 지내다가 갑자기 고3을 가르치려니 버겁기만 했다. 요즘처럼 참고서가 흔한 시대도 아니어서 매일 밤늦게까지 교재를 연구하느라 새벽 두세 시 전까지 자지 못했다. 그럼에도 교단에 서면 다리가 후들거리고 아이들을 정면으로 바라보질 못했다. 혹시 질문이 나올까 종이 울리면 재빨리 교실을 빠져나오기 일쑤였다.

그해 학생들의 진학률이 좋지 못했는데 내 탓이 컸을 것이다. 지금도 그 시절을 떠올리면 아이들에게 미안한 마음이다.

교직 생활의 기억들

기전여중고에 재직하는 동안 나는 담임을 세 번밖에 하지 못했지만, 반장들의 이름은 또렷이 기억난다. 이태희, 이순옥, 소길순… 지금쯤이면 모두 70대 후반, 80대 초반의 할머니가 되어 있겠지. 해마다 학급이 늘어나며 학교 규모도 점점 커졌다.

채용시험 때 교장이었던 미국인 한미성 선생님은 부임하고 보니 대전 한남대학교 교수로 자리를 옮기셨고, 교감이시던 조세환 교장 선생님이 승진하셨다. 지금은 고인이 되셨지만 교육에 열정이 많았던 분이셨다.

그분은 새로운 교육 방법을 꾸준히 도입하셨다. 대학처럼 과목별로 교실을 이동하는 이동수업을 도입했고, 학년 편제도 독특하게 개편했다. 중1·2는 '퍼스트', 중3·고1은 '세컨드', 고2·3은 '라스트' 학년으로 묶었고, 학년 주임이라 하지 않고 '학감'이라 불렀다.

나는 퍼스트 학감과 라스트 학감을 맡았고, 그 학년의 교무와 학생부 행정, 수학여행과 입학 업무를 담당했다. 수학여행은 주로 중2는 경주로, 고2는 제주를 다녀왔다. 입학 업무는 처음에는 교장이 직접 인솔했지만 나중에는 나에게 맡겨졌다. 그 시절 입시는 전국이 같은 문제로 보는 시험이었기에 교육청에서 받아온 시험 문제 원본을 호텔이나 비밀 장소에서 복사해서 밤새워 포장해 시험장으로 보내야 했다. 보안이 생명이었던 만큼 그 업무를 맡고 나면 파김치가 되곤 했다.

그렇게 하루하루 바쁘게 살아갔던 시절이지만, 돌이켜보면 참 소중한 추억이다.

인생의 첫 보금자리와 가족

이 학교에 재직 중 결혼을 했고 딸과 아들도 이 학교 재직 중에 낳았다. 셋째 임신 중에 난 서울로 전근을 가게 되었다. 당시 전주시 태평동에 내 생애 첫 집을 마련했다. 90평 남짓한 대지 위에 지어진 4칸짜리 한옥이었다. 은행 대출을 끼고 집을 사서 세 칸은 전세를 놓고 우리는 두 칸을 사용했다. 결혼 4년 만에 내 집을 마련한 것이었기에 주위에서 부러움을 사기도 했다.

죽을 고비를 넘긴 흔적

이 학교에 재직 중에 중병에 걸려 죽을 고비를 넘긴 적이 있다. 내 배에 그 흔적이 흉측하게 남아 있어 대중탕에 가기가 싫다. 낚시를 좋아했던 나는 5월 어느 날, 대통령 선거일에 일찍 투표를 마치고 고향 저수지로 낚시를 갔다. 한 시간쯤 낚시를 하던 중 몸이 떨리기 시작하더니 오한이 심해져 견딜 수가 없었다. 낚싯대를 접고 전주집으로 돌아와 이불을 뒤집어쓰고 며칠을 누웠지만 상태는 좋아지질 않았다.

결국 견디질 못하고 전주 예수병원에 입원했다. 며칠간 병명을 찾지 못하다가 오른쪽 아랫배가 아프다니 맹장염 같다며 개복수술을 했다. 그러나 맹장은 멀쩡했고, 장에 염증이 있어 20cm 가량을 잘라 배양 검사를 해보니 장티푸스였다.

당시 장티푸스는 법정 전염병이라 격리 조치가 필요한 질병이었다. 그러나 병원에서도 제대로 파악하지 못하고 수술을 진행했으니, 60년대 한국 의료 수준이 얼마나 열악했는지를 알 수 있다.

그때 내 나이 35살이었다. 병상에서 얼마나 간절히 기도했는지 모른다.

"하나님, 지금 죽기는 너무 억울합니다. 제발 살려주세요. 살려만 주시면 교회 봉사도 열심히 하고 착하게 살겠습니다. 지금까지 산 만큼만 더

살게 해주세요."

그때의 기도 덕분인지 하나님은 나에게 90이 넘게 시간을 허락하셨다. 약속했던 대로 실천하지 못했는데도 하나님께서는 내가 원했던 나이보다 20년이나 더 덤을 주셨다. 그러니 나는 이제 죽어도 여한이 없다.

지금 바라는 것은 단 하나, 남은 여생 동안 자식들이나 남에게 폐 끼치지 않고 조용히 눈을 감는 것, 그것뿐이다.

학교순례 2. 면목여자중학교

1969년 3월, 나는 면목여자중학교에 첫 발령을 받았다. 이곳은 1968년에 개설된 공립 중학교로 2학년이 3학급으로 개설한 학교다. 평준화 첫해로 내가 발령되던 해에 1학년 8학급이 배정되어 1학년 담임을 맡았다. 전임 학교에서 하던 대로 성심껏 학생들을 지도했는데, 교장과 교감의 눈에도 그런 내 모습이 열심히 일하는 교사로 비춰졌던 듯하다.

신설 학교의 어려움과 작은 변화들

면목여중은 허허벌판에 세워진 신설 학교라 열악한 것이 많았다. 학교 주변엔 문방구가 없어 학생들이 학용품 하나 사기 어려웠다. 그래서 교장 선생님께 협동조합 설치를 건의해 만들었다. 도서관도 없어 남는 교실을 활용해 도서실을 만들자고 제안했다. 책은 학부모들의 도움을 받아 학생들 이름으로 기증받았다. 학교는 하나씩 자리를 잡아가기 시작했다.

서울교육청 관내 중학교 수학여행이 금지되던 시절이었다. 경서중학교 수학여행단을 실은 버스가 온양 모산 건널목에서 기차와 충돌해 일어난 비극적인 사고 때문이었다. 나는 3학년 담임에 학년 주임이었다. 제1회 졸업생들이라 의미 있는 추억을 남겨 주고 싶었다. 부담을 느끼시던 교장 선생님을 설득해 결국 부여로 첫 수학여행을 다녀왔다.

교장 선생님이 음악과 출신이라 학급 대항 합창대회도 열었다. 나는 우리 반 아이들과 함께 합창단의 일원이 되어 직접 무대에 올랐다. 아이들과 함께하는 시간이 즐거웠는데 다른 교사들의 눈엔 다소 거슬려 보였던 것 같다.

1970년에 대구에서 열린 새마을운동 선포식에 서울시 교사 대표로 참석하게 되었다. 이후 교육청에서 매년 발간한 새마을운동 사례집에 면목여중의 사례가 우수사례로 실리기도 했다. 농촌진흥청에서 배운 경험을 바탕으로 꽃밭도 가꾸고 거리 청소를 하는 등 다양한 활동을 펼쳤고, 그것이 좋은 평가로 이어졌다.

당시 남자 교사들은 돌아가며 숙직을 하던 때였다. 이전 학교에서는 전담 숙직자가 있었기에 낯선 일이었다. 숙직실이 두 개였는데, 교사 숙직실에는 침대가 없고 용인 방에는 목침대라도 있어 교사들의 불만이 컸다.

아침 조회 때에 이를 건의하기로 하고, 나더러 첫 발언을 하란다. 그러면 2,3번 발언자가 일어나 건의하기로 각본을 짰는데 막상 내가 발언한 뒤로 아무도 후속 발언자가 없었다. 마치 나무에 올려놓고 흔든 기분이었다. 이 일을 겪은 후로 난 교직원 회의에서는 발언을 삼가기로 다짐하고 다른 학교에 가서도 그 다짐을 잊지 않았다.

면목여중에서는 두 분의 교장 선생님을 모셨다. 초대 교장 권전택 선생님은 개설부터 2년간 근무하시고 선린중학교로 전근 가셨고, 그 후임으로 현병진 교장 선생님이 오셨다. 경기여중 교장을 하셨다는데 충남으로 하향하셨다가 다시 올라오신 분이었다.

4년을 채우고 이동 철이 되자 종로학군으로 이동을 희망하는 자가 대부분이었는데 유일하게 나만 청운중학교로 발령을 받았다. 돌이켜 보면 두 분 교장 선생님 모두 날 좋게 봐주셨던 것 같아 지금도 감사한 마음이다.

생활의 변화와 가족 이야기

서울 발령을 받고 가장 큰 문제는 숙식이었다. 큰형님 댁인 창신동에서 반년 정도 신세를 졌다. 대학 시절에도 형님이 돌봐주셨다. 방에 조카들도 많은데도 형수님은 항상 따뜻했다. 집을 사 이사를 했지만 방이 둘이라 조카들도 많고 내가 통학하기도 불편해 면목동 학교 근처에 방 하나를 얻어 자취를 시작했다.

그런데 발령받은 지 9일 만에 아버님께서 돌아가셨다. 내가 서울로 간다는 소식을 듣고 충격을 받으셨던 듯하다. 내가 서울로 가는 것을 보러 간다며 집을 나서셨다가 중도에 되돌아오셔서 그대로 자리에 누우셨다고 한다. 그리고 내가 발령받고 9일 만에 돌아가셨으니 평생 마음에 한이 남는다.

어머니는 서울로 올라오셔서 함께 4년을 사시다가 돌아가셨다. 전주 집을 팔고 면목동에 땅을 사서 집을 지었다. 당시 전주 집값이 면목동보다 5배나 비쌌으니 면목동은 정말 변두리였던 셈이다.

아내와 아이들과는 약 2년 정도 떨어져 살았는데, 아내가 서울로 전근하면서 다시 함께 살게 되었다. 문교부장관의 딸이 면목여중에 배정된 인연으로 장관께 도움을 청했고, 아내는 먼저 농아학교로 전근 후 다음 해 서울시 교육청 관내로 들어올 수 있었다.

면목여중에서의 4년은 내 삶에 많은 변화를 가져왔다. 교사로 가족사적으로도 큰 전환점이 되었던 시기였다. 아버지는 돌아가셨지만 짧은 기간이나마 어머니를 모시고 살았던 기억이 남는다.

나이 아흔이 넘자 부모님의 마음이 조금은 이해가 된다. 자식이 가까이 있어 수시로 왕래하는 것이 진정한 효도라는 걸 이제야 알겠다. 그때 더 자주 찾아뵙지 못한 것이 한스럽다. 그래도 어머니와 함께한 기간이 내겐 큰 위안으로 남는다.

『수필』

이 순 헌

한마디

나는 다시 깨어나 세상과 균형을 맞추며 내 인생의 각본과 연출을 재정비하기에 이르렀다.

약 력

- 《문학저널》(2006) 등단
- 《동아일보》투병문학 입상(2002), 중랑문학상 우수상(2019), 중랑문학 대상(2024)
- 한국문인협회 회원, 중랑문인협회 부회장, 에세이스트 이사

삶의 무대

언제부터였던가, 삶의 무대에 나 스스로 배우가 될 것을 자처하게 된 것이… 인생은 연출이며 내가 쓰는 각본이다. 나는 근사한 연출과 행복한 각본만 쓰고 싶지만 신이 뜻이 있어 나를 저어한다 해도 나로선 어쩔 수 없는 것이다.

잠이 오지 않는다. 내가 무슨 말을 했는지는 생각이 나지 않고 내게 태클을 걸며 이죽거리는 얼굴과 바보스러운 나와, 안타까운 듯 바라보는 주위 시선만 떠올랐다. 그럴 경우, 맞대응하지 못하고 나는 왜 뒤늦게 잠 못 이루는가. 이런 일이 어쩌다 있기 마련이라서 당하지 말아야지 하지만 그러기엔 내 머리가 너무 느리다. 신경이 쓰이는 건 옆에 다른 이의 시선을 염두에 둬서 일터인데 이제는 나도 내공이 생겼다. 그건 나를 어떻게 생각하던 내가 상관할 바 없는 타인의 시각이다. 나는 편리한 대로 공격성 없는 내게 깔맞춤의 삶을 구가한다. 그리고 그렇게 길들여져 하룻밤만 잠 못 자는 걸로 거뜬하다.

내가 어설퍼 보였나 보다. 항상 트집을 잡으려고 나를 쫓는 여자의 시선이 성가셨다. 매번 지적당하는 걸 짐짓 넘겨 버렸다. 불편해서 관계를 개진해 보려고도 했지만 사람은 바뀌지 않는다는 걸 알 뿐이었다. 그렇게 오랫동안 시비를 당하다가 한번 터트린 적이 있었다. 그날 처음으로 나는 참지 않았다. 강한 사람에게 굴하고 유독 만만한 사람에게는 딴지를 거느냐고 그 여자에게 막 퍼부었다. 한순간 가슴이 후련하였다. 그러나 제때 풀지 못하고 화를 품고 있는 것도 현명하지 못하다는 걸 살아가면서 터득할 수 있었다.

어차피 신의 무대에서 우리는 모두 꼭두각시다. 인생이 별것이더냐, 내 의지로 분노를 이겨낼 수 있다면 그것이 바로 내 가치인 것을.

지나치게 많은 생각이 나를 짓눌렀던 10대, 20대의 그 예민함에 지쳐버릴 즈음 나는 탈출구를 찾지 않으면 안 될 지경인 적이 있었다. 날 선 나를 다듬는 작업은 오랜 세월이 필요했다. 사람과의 피곤한 관계에 대해서는 역지사지로 생각하려 했고 나를 비우고 내려놓기 위해 노력했다. 그것은 늦은 나이에도 계속 이어졌다.

40대쯤 였을 게다. 시골 잔치에 갔다 돌아오는 길이었다. 술이 덜 깬 남편 대신 내가 운전 중이었다. 어슴푸레한 새벽길, 남편은 옆 좌석에서 잠이 들고 송파 사거리에서 녹색 신호를 보고 직진으로 달리는데 우측에서 신호를 무시한 차가 갑자기 뛰어들어 남편이 앉은 조수석을 들이받았다.

경찰은 어떻게 달리는 차를 뒤도 아니고 옆을 받아버리느냐고 그 차 운전자를 어이없어했다. 찌그러진 차는 견인되었고 남편은 다행히 약간의 부상을 당해 인근병원으로 옮겨졌다. 그 밤에 가해자는 병원까지 쫓아와 치료 잘 받으시라고 남편에게 머리를 깊이 숙였다. 운전자인 나는 경찰서에서 진술서를 쓰려고 가해자와 나란히 앉았는데 경찰은 용지를 주고는 자리를 떴다. 나는 그런 일을 처음 겪은 터라 복잡한 양식을 몰라 옆의 가해자에게 물어봤다. 가해자는 이미 정해졌으니 보험 처리만 남았다고 생각했다.

나중에 처리될 때 내 과실이 10%로 나와서 나는 그 10%도 이해할 수 없어 재심사를 원했다. 그 과정에서 사고 현장에 없었던 가해자의 아내와 통화를 하게 됐는데 그 여자는 내가 남편을 죽이려고 일부러 그렇게 운전했다며 언성을 높였다. 분했다. 내가 화를 내지 않은 것이 이상했을까? 나는 가해자를 가만히 봐줄 일이 아니었다. 소리치고 악을 써야 했다. 사고 때 내 무릎과 허벅지와 둔부에는 시퍼렇다 못해 검게 멍이 들어 동네 약국에서 약을 사 먹으며 오랜 날을 끙끙 앓았는데 그럴 일이 아니었다. 입원을 했어야 했다. 차 안에 있던 고향 집에서 챙겨온 여러 가지 먹거리며 깨진 담금주, 참기름병 등, 그래서 버려진 옷도 다 보상받아야 했다.

순순했던 내 처세가 억울하기 짝이 없었다. 아마 사고 당시에도 내 내부에서는 입장 바꿔 생각하는 작업이 은연중 진행됐을 거였다. 그런데 그렇게 비우고 버리다 보니 무언가 잃어버린 것처럼 혼란이 왔다. 세월이 지나며 나도 그런 어수룩함에서 좀 벗어났다. 보편적으로 세상이 이해할 만해야지, 나만의 생각으로 무대에 오른다면 흥행에도(?) 참패할 거라는 걸 가늠하기 시작한 것이다. 나는 다시 깨어나 세상과 균형을 맞추며 내 인생의 각본과 연출을 재정비하기에 이르렀다.

강성으로 타고나지 못한 내가 세상의 부딪힘을 비껴가자니 그것도 쉬운 일은 아니었다. 무심하게 있는 나를 흔들 때는 속수무책이기도 했다. 세상을 바라보는 시각은 각자 다를 수 있다. 제 시선에 꿰맞추려 비난과 공격을 일삼는 사람은 경계하게 되고 되도록 가까이하기가 꺼려진다.

어느덧 내 인생은 후반부로 들어섰다. 짧은 세월이다. 나는 여전 어리석고 무지하고 불안정하기도 하다. 남은 무대는 그럼에도 서로를 이해하며 어우러질 수 있는 사람들이 주위에 있어 내 역할이 다소 편안하게 마무리되기를 바랄 뿐이다. 완전한 사람이 어디 있겠는가.

『수필』

한 영 옥

한마디

우리는 크고 작은 일들을 맞이하며 살아가지만, 역사 속의 숭
고한 그 희생은 무엇으로 대신 할 수 있으랴!

약 력

- 《문학저널》(2007)
- 《에세이스트》(2010) 제34호 등단
- 방송통신대학교 국어국문학과 졸업(2021)
- 중랑문학상 우수상(2014)
- 중랑문인협회 부회장, 일현수필문학회 회원, 느티나무 동인지 5
  회 발간 매월 합평회
- 수필집: 『세번째 스무살』(2023)

검정 고무신은 알고 있다 외 1편

꽃눈을 열려던 나무들이 웅성거린다. 삼월에 내린 눈의 영향이다. 실낱처럼 가느다란 가지에도 눈이 쌓였다. 산수유나무에 빨간 열매, 묵은 것을 밀어내며 병아리 부리처럼 고개 내민 노란 꽃은 하얀 눈으로 막을 드리웠다. 생기발랄하게 내밀었던 꽃잎들이 놀라 새초롬했다. 첫눈치고는 발목이 묻히도록 많이 내렸다.

만물이 요동하는 봄이라지만 이 가슴에는 어떤 새바람도 의욕도 꿈틀대지 않았다. 언제 이리 한가한 시간이 내게 있기나 했는지 기억조차 가물거렸다. 막상 한가로운 시간이지만 딱히 무엇을 해야겠다는 생각도 잊은 채 무의미한 시간을 흘려버리는 날이 되고 있었다.

그렇게 몸과 마음이 펑퍼짐해 있을 때 한 지인으로부터 흥미 있는 소식을 받았다. 제주 서귀포시에서 작가들을 초청한다는 정보였다. 의욕이 생겼다. 선택받을 수 있다면 좋겠다.

서류가 필요했다. 그동안 문학 활동을 해오던 근거며 초청하는 이유에 적합한 자료를 모두 온라인으로 보냈다. 결과가 나와봐야 알지만 지금의 이 기분을 바꾸기에도 좋은 기회 같아 작은 설렘이 일기도 했다. 사실 제주에는 단체며 동기 형제 모임에서 여러 번 갔던 곳이기도 하다. 같은 장소를 가더라도 일행에 따라 느낌과 결과는 다르게 다가오기 마련이다.

드디어 기다리던 서귀포 문학에서의 발표날이 되었다. 글 한 편을 써내야 한다는 부담이 있기는 해도 선택되기를 바라는 마음이 앞섰다.

얼마 후 추천되었다는 소식이 항공권 지원, 숙박 무료, 이박 삼일간의 프로그램과 함께 온라인으로 도착되었다. 글 한 편을 써내는 일 기꺼이 하리라는 의욕이 충만해졌다.

이박 삼일 간의 일정이 시작되었다. 공항을 벗어나며 가로수의 빨간 열매 달린 먼나무가 길손을 반겼다. 멀리 한라산 정상 팔부능선은 눈으로 하얀 모자를 썼다. 근대화되기 전 유배지의 섬 제주, 아름다움이 있는 만큼 큰 아픔과 한도 서린 곳이다. 본 고향의 해설사 선생님들에게서 듣는 생생하고 자세한 제주 이야기는 그 어떤 제주의 탐방보다 알찬 시간이었다. 서귀포 작가의 산책길, 야외공원에서의 시 낭송, 다채롭게 펼쳐지며 후한 대접을 받았다.

제일 기억에 남는 건 알뜨르 비행장에서였다. 4.3사건 희생자 추모비 앞에 놓인 검정 고무신! 그중에서 가장 작은 검정 고무신은 그날에 뼈아픈 상흔을 아주 조금이라도 짐작을 할 수 있을 듯했다. 영문도 모르고 트럭에 끌려 가면서 그 사실조차도 가족에게 알릴 수 없었던 참혹함! 죽음을 예감한 희생자들은 가족에게 남길 수 있는 유일한 신호로 시신이라도 찾기를 바라는 마음에 옷이며 신발을 벗어 던졌다고 한다. 행방이 묘연하던 가족들이 그것을 증거로 알 수 있었다는 사실에 가슴을 쓸어내려야 했다. 많은 세월이 흘렀어도 물이 마르지 않는다는 희생당한 웅덩이 그 현장 앞에서 그 어떤 형언도 할 수 없어 고개만 떨구었다.

우리는 크고 작은 일들을 맞이하며 살아가지만, 역사 속의 숭고한 그 희생은 무엇으로 대신 할 수 있으랴!

이번 제주의 탐방으로 십 년간 유치원 아이들에게 동화를 들려주며 보냈던 시간 마무리가 되고 나니 공허와 허기로 무기력해져 있었다. 이번 제주 탐방으로 문학인으로서의 활엽수로 되찾고 일상의 풍요한 시간으로 되돌리는 계기가 되었다. 행사에 애써주신 분들께 감사드린다.

시간의 간이역

늦은 여름이다. 늘 다니던 산책길을 두고 다른 길로 접어들었다. 낯설지 않은 과수원 농장 주변이다. 농장과 산의 경계를 두른 철조망 주변에는 잡풀이 무성하다. 그사이에 의기양양하게 줄기를 뻗어가고 있는 호박넝쿨, 넓적한 잎 사이로 얼룩무늬 애호박 하나가 눈길을 끈다. 연한 미색에 연두색 줄무늬 누가 봐도 탐낼 모양새다. 앙증맞은 그 모습에 문득 아련한 추억 속에 젖어든다.

유년 시절 비가 촉촉이 내리는 날이면 우리 집은 당연히 칼국수를 먹는 날이다. 그런 날에 애호박은 칼국수의 풍미를 더해준다. 어머니는 칼국수를 밀고 나면 마지막 끝을 조금 남겨 아궁이에서 구워주셨다. 바삭바삭하고 고소한 그 맛은 칼국수 먹는 날의 큰 즐거움이기도 했다.

그러나 어머니가 들에서 늦거나 몹시 바쁜 때에는 내가 국수를 미는 날도 있었다. 아마도 중3쯤 되었을 주말이거나 공휴일 그런 날이었던가 보다.

밀가루와 콩가루의 비율을 5:1쯤으로 하고 물을 넣은 다음 치대기를 한다. 이때 물량이 중요하다. 과하지도 모자람도 없어야 국수 맛을 제대로 낼 수 있다.

잘 섞인 반죽은 상체에 힘을 주면서 손목의 힘으로 치대고 누르고를 반복한다. 울퉁불퉁한 반죽이 매끈해지도록 치대기를 한다. 많이 하면 할수록 면은 쫄깃하다.

그렇게 한 국수 반죽을 넓적하게 펴준다. 도마 위에 올려놓고 홍두깨에 말아질 정도의 두께가 되면 국수 암반으로 옮겨간다. 암반을 말하자면 국수를 넓게 밀기 위한 큰 도마라고 해둔다. 홍두깨의 길이와 같다. 이제 본격적으로 홍두깨로 밀기를 한다.

가슴까지 오는 홍두깨의 길이를 반죽 한쪽 끝에서부터 말아가면서 붙지 않게 밀가루를 뿌린다. 손바닥으로 눌러 당겨주듯, 한 손은 홍두깨에 반죽을 말아 준다. 끝부분까지 다 말리면 '쓱쓱 싹싹 밀고 당기고 꾹꾹' 반죽이 말린 홍두깨 가운데에서 손이 좌우로 왔다 갔다 유연하게 손놀림 한다. 그럴 때마다 반죽 원 모양은 점점 커지면서 얇아진다. 말았던 반죽을 홍두깨에서 풀면서 두꺼운 부분은 고르게 펴주며 손끝의 감각으로 더 두꺼운 곳은 늘려서 고르게 되도록 반복한다.

원하는 칼국수의 두께로 밀어지면 가지런하게 접어 도마 위에 놓는다. 얇을수록 국수는 부드러워지지만 더 욕심내다가 찢어지면 지금까지의 정성은 바닥으로 널브러져 죽처럼 되어 숟가락으로 떠먹는 국수가 될 수도 있다.

이제 마지막 그야말로 손칼국수가 되기 직전인 게다. 칼질할 때는 절대 손끝이 나오면 안 된다. 안정감 있는 칼질이 되도록 손가락을 오므려서 살짝 주먹을 쥔 듯 반죽에 지그시 대고 칼이 연신 오르내리는 방향은 밀어서 접어 논 반죽을 따라간다. 가지런하게 썰어놓은 칼국수, 사이사이에 국수가 붙지 않도록 밀가루를 뿌린다.

이제 준비된 육수에 국수를 넣으면 된다. 콩가루가 들어가서 끓어 넘치기 쉬우므로 뚜껑을 열어 논 상태로 끓여야 한다. 애호박은 채 썰어 볶았고 양념장에는 다진 청양고추도 빠지지 않는다. 마지막 들기름 한두 방울까지 넣으면 그리운 맛 고향의 칼국수 맛이다. 이 맛을 찾을 수 없다는 게 참 아쉽다. 그래서 추억을 더듬어 가끔 해 보기도 하지만 녹록지 않다. 손끝의 정성으로 낸 맛! 어떤 음식이든 그 정성이 깃든 손맛은 어느 것에 비교해도 뒤지지 않는다.

쉽지 않은 사람의 관계도 마찬가지다. 밀가루 반죽으로 수없는 손놀림을 해가며 하나의 음식을 완성하듯 마음의 울퉁불퉁한 부분을 고르게 펴서 부드러운 결로 되기까지의 그 인내와 끈기, 소통, 배려가 필요하다. 결고운 사람들, 멀리에서 모처럼의 말 몇 마디에도 상대의 기분을 읽어내고 오감으로 알아차리는 사이, 그야말로 긴 세월의 오고 간 교류의 흔적이다. 맛을 찾아 떠나듯 결 고운 사람을 만나러 지금 시간 여행 중이다.

『수필』

이 호 재

한마디

한 사람의 스타가 탄생하기까지는 각고의 노력이 수반되겠지.
한 알의 대추처럼, 한 송이 국화처럼, 숱한 시련을 이겨내야 하
겠지.

약 력

- 《불교문학》(2013) 등단
- 한국방송통신대학교 국어국문학과 졸업, 중앙대학교 예술대학원
  시 창작 전문가과정 수료
- 중랑신춘문예 우수상(2007), 중랑문학상 우수상(2018), 아산문학
  상 우수상(2020)
- 한국문인협회 회원, 한국문인협회 중랑지부장(11대)
- (사)한국예총 중랑구지회 사무국장 역임

한 알의 대추처럼, 한 송이 국화처럼

내가 가섭사를 즐겨 찾는 이유는 경내가 아름답기 때문이다. 해발 700 고지 정상 부근에 있는 사찰이지만, 차를 타고 오를 수 있어 접근성이 좋기 때문이다. 산 아래로 내려다보이는 풍광이 그림 같은 절경이기 때문이다. 이곳에 오면 소망하는 모든 일이 이루어질 것 같은 기분이 들기 때문이다. 중고제(中古制) 판소리의 시조 염계달을 명창으로 키워 낸 도량이기 때문이다.

오랜만에 찾은 가섭사에 걸린 현수막 하나가 눈에 들어온다.

'미스터트롯3 眞 김용빈 축하합니다.' - 대한불교 조계종 가섭사 -

석상인 주지 스님과 어릴 적 김용빈이 함께 찍은 사진도 현수막 머리에 삽입되어 있다. 스님께 김용빈이 가섭사와 무슨 관련이 있는지 여쭈니 스님 자신과 인연이 있다고 하신다.

2003년도에 대구시 인근 군위군에 소재한 인각사에서 3,000여 석의 의자를 깔고 산사음악회를 준비하고 있었는데, 김용빈의 할머니가 찾아와 손자가 트로트 신동인데 산사음악회에 좀 출연시켜주십사 부탁하였다고 한다. 여기 산사음악회는 신동이 노래 부르는 곳이 아니라고 돌려보냈는데, 나중에 고모 되시는 분도 찾아와 간곡히 부탁하셔서 출연을 허락하였다고 한다.

그렇게 인연이 되어 절을 찾은 김용빈에게 스님께서는 "음반을 취입하지 않고 남의 노래만 불러서는 가수라고 할 수 없다"라며 〈선아야〉라는 노랫말 가사를 작사해 주었다고 한다. 다른 분이 만들어 준 곡과 함께 첫 앨범을 발매하여 데뷔곡 〈선아야〉는 크게 인기를 얻었고, 김용빈이 가수 반열에 오른 계기가 되었다고 한다. 어려서부터 신동으로서 명성을 쌓아 가던 김용빈은 미스터트롯3에서 우승하여 무명 생활의 그늘에서 벗어나 화려한 스타로 거듭나게 되었다.

한 사람의 스타가 탄생하기까지는 각고의 노력이 수반되겠지. 장석주 시인의 '한 알의 대추'처럼 미당 서정주 시인의 '한 송이 국화'처럼 숱한 시련을 이겨내야 하겠지. 절망하여 모든 것 포기하고 싶은 마지막 고비도 넘어서야 하겠지. 이끌어주는 누군가의 도움의 손길도 필요하겠지. 천우신조의 인연도 닿아야 하겠지.

즐겨 보는 TV 프로그램이 오디션 경연이다. 미스·미스터트롯이고, 현역가왕이고, 한일가왕이다. 복면가왕도 즐겨보는 프로그램이다. 오디션 경연이 흥미로운 건 스타 중의 스타가 되기 위한 혼신의 노력이 보이기 때문이다. 시적이고 서정적인 노랫말을 감상할 수 있기 때문이다. 감미로운 리듬과 곡조에 취할 수 있기 때문이다. 유명 작곡가와 톱스타 선배 가수의 관전평이 전문가적 경륜을 보여주기 때문이다. 그 심사평이 때로는 문학적이고 때로는 해학적이고 때로는 철학적이기 때문이다. 모든 예술이 하나로 연결되어 문학과의 접점이 형성되기 때문이다. 삶의 애환이 힐링 되고 고달픈 일상이 치유되기 때문이다.

오디션 경연에 출연하여 자신의 진가를 대중들에게 각인시키고자 노력하는 무명 가수처럼 문인은 자신의 작품이 독자들로부터 인정받을 수 있도록 각고의 노력을 기울여야 한다. 그리하여 자신을 대표하는 불후의 명작을 많이 생산하여야 한다. 오디션 참가자의 경연에 대한 패널들의 전문가적인 멋들어진 심사평처럼 문인은 남의 작품에 대하여 옥석을 가려 제대로 평가할 수 있어야 한다. 그리하여 심사 대상자의 여러 작품 중에서 최고의 작품을 엄정하게 선별해 내는 문학적 안목을 길러야 한다.

내가 트로트 오디션 프로그램을 즐겨 보는 까닭은 음악적 감성이 문학적 감성과 상통하기 때문이다. 최고의 스타가 되기 위해 힘쓰는 가수들의 열정을 배우기 위함이다. 오디션 심사평을 타산지석으로 삼아 내 작품의 문제점을 객관적 관점으로 돌아보기 위함이다.

내가 오디션 프로그램에 심취하는 것은 곡조에 취하고 가사에 취하고 분위기에 취하고 퍼포먼스에 취하기 위함이다. 거기에 추구하는 목표가 있기 때문이다. 거기에 힐링이 있기 때문이다.

박 영 재

한마디

후반전이다. 차도 오래 타면 수리할 것이 얼마나 많은가. 인생은 오죽하랴.
이제 하나씩 수용하면서 천천히 가자. 꼬옥 안아 주면서 행복하게 응원해 주며 가자.

약 력

- 《문학세계》(2014) 수필, 《국보문학》(2015) 시 등단
- 중랑문학상 우수상(2024), 삶의 향기 공모전 수상, 방송대 문학상 수상
- 선수필회원, 참좋은문학회 회원, 중랑문인협회 이사
- 동인지 『참좋은 음식 3호점, 다시, 길을 걷다』 등

사랑은 아프다 외 1편

　네가 처음 왔던 날을 나는 아직도 기억한다. 벌써 20년 전이지. 오늘 네가 막상 떠난다고 생각하니 마음이 울적하다. 다이어트라도 시킬 걸 그랬나 보다. 훌쩍 커버린 너를 감당하지 못해 보낸다고 생각하니 모두가 내 탓인 것만 같고 마음이 아프다. 정말 미안하다. 이렇게 보내게 될 줄은 정말 몰랐다. 사람들이 집안에 큰 나무가 있으면 좋지 않다고 떠들기도 했지만, 나는 절대로 그 말은 믿지 않는다.

　너희는 둘이었다. 살도 없고 키만 뺄쭘한, 아주 빈약한 회초리 같은 모습으로 나를 처음 만났다. 베란다 양지바른 곳에 서로에게 힘이 되라고 한 곳에 둥지를 틀게 해주었지. 그렇게 오랫동안 살다 보니 어느덧 하나가 되었나 보다. 숨겨진 두 발의 비밀을 아는 사람은 너희와 나밖에 없다. 사람들이 보면 너희는 둘이 아닌 하나일 뿐이다. 너희의 그 뜨거운 연리지 사랑을 어느 누가 알까.

　아파트로 오기까지 몇 번을 옮겨 다니면서도 너는 나의 특별한 사랑 속에 늘 먼저 선택되었다. 피가 되고 살이 되는 것은 열심히 챙겨 먹였지. 특히 더덕이나 도라지 껍질은 종종 너에게 귀중한 양분이 되었을 것이다. 그런 사랑을 먹은 탓인지 너는 하루가 다르게 쑥쑥 자랐고 얼마나 멋진 모습인지 빛이 나더라. 시시때때로 사람들 시선을 사로잡았고 우리 집 명물이 되어 갔다. 단 한 번도 속을 썩인 적 없이 우리 가족을 지켜 주는 수

호천사로 듬직하게 자리를 지켜 주었지.

사람들은 말한다. 너의 그 울창한 모습이 꼭 느티나무를 닮았다고. 나이를 수월찮게 먹은 느티나무는 나라에서 국보라는 호칭을 하사받아 관리를 받고 살아갈 정도다. 농사일로 지치고 땀으로 뒤범벅이 된 사람들을 그는 온몸으로 안아 준다. 무엇보다 하늘을 치솟는 콧대를 낮추어 생기기 시작한 시원한 그늘막은 그의 가장 큰 매력이고 재산이다. 아주 잘 생겼고, 한여름엔 어디를 가나 인기가 하늘을 치솟는다. 지금의 네 모습이 그런 느티나무를 닮았다고 한다.

너를 보는 것만으로도 우리는 늘 행복했다. 고향 집에 와 있는 착각 속에 빠져들기도 했고, 너의 울창한 모습으로 사시사철 푸르른 자연 속에 살기도 했다. 더운 여름엔 시원했고, 크리스마스 날엔 멋진 트리 나무가 되어주어 고맙기도 했다. 그럴 땐 정말 주인공은 너였어. 20년이 넘는 세월을 함께 살았으니 너도 하고 싶었던 말이 얼마나 많았을까. 물론 서운한 점도 많았을 거야.

잘 자라고 있는 너를 억지로 꿇어앉혀 내가 때때로 잔인한 이발사가 되기도 했다. 영문도 모른 채 너는 얼마나 화가 나고 아팠을까. 나 역시도 그때는 그래도 되는 줄 알았다. 그것이 너를 위한 방법이라고 생각했으니 말이다. 너의 그 늠름한 모습과 윤기가 자르르 흐르는 자태 속에 숨겨진 매력을 나는 진즉에 알고 있었지만, 너를 쉽게 떠나보낼 수가 없었다. 너는 더 넓은 세상을 꿈꾸고 살았을 거야. 아니라고 변명도 하지 마라, 너를 충분히 이해할 수 있으니까!

이젠 미련 없이 보내 주기로 했다. 더 넓은 세상에 가서 자유롭게 살아라. 작은 공간에 살면서 얼마나 답답하고 새로운 세상이 그리웠을까. 너의 새로운 집은 이제 넓은 관공서이다.

너를 배웅하면서 미안했다. 25층에서 1층 통로까지 빠져나가느라 정말 고생했지. 좀 더 일찍 서둘렀어야 했는데, 문을 나서는 순간부터 힘든 네 모습을 지켜보며 많이 후회했다. 하지만 눈이 부시도록 찬란한 햇빛에 놀라는 너의 모습을 보았어. 너의 그 행복한 눈빛을 본 순간, 그래도 마음이 놓였다. 최고의 결정이었다는 것을 다시 한번 깨닫게 되었다.

그동안 움츠리고 살았던 몸과 마음 이제 눈치 보지 말고, 기지개를 켜듯 쭈욱쭈욱 펴고 멋지고 당당하게 살아라. 나의 벤자민. 사랑한다.

도대체 너는 뭐니?

　노인대학 봉사날이라 집에서 좀 일찍 서둘러 나왔다. 코로나 이후 어르신들께서 하루하루 활력을 되찾아 가고 있다. 한창 바쁜 시간에 남편에게서 전화가 왔다. 동물병원이란다. 고양이 토토 녀석이 며칠째 사료도 먹지 않고 설사를 하더니 종합검사에서 간 수치가 높게 나왔단다. 막내딸이 오늘 휴무라더니 아빠에게 동행을 요청한 것 같다. 무엇보다 먹지를 못하니 그것이 가장 시급한 문제라며 입원 치료를 권유했단다. 오늘 치료비가 40만 원이 나왔다는데, 하루 입원비를 그 정도로 생각하라고 했단다. 얼마나 입원하게 될지 모르겠지만 결코 적은 금액이 아니다. 아직 우리 부부 마음은 그 수준까지 열려 있지 않다. 일단 입원시키지 말고 그냥 데리고 오라며 전화를 끊었다. 남편도 마음이 편치 않을 것이다. 시시때때로 온 집안 구석구석 고양이 털이라며, 식구들 건강이 큰 문제라고 녀석을 탐탁지 않아 했었다. 우리가 더 걱정하는 것은 토토 녀석보다도, 이 녀석을 너무 지나치다 싶을 정도로 신경 쓰는 딸인지도 모르겠다.

　5년 전, 암 투병 중인 여동생 집에 갔다가 처음 고양이 보리를 만났다. 항암치료로 힘든 시간을 보내고 있는 동생 곁에 항상 보리가 있었다. 자식들이 엄마를 위해서 기쁨조가 되라고 거금을 들여 사줬다는데 잘생기기도 했지만 붙임성이 좋았다. 처음 보는 내게도 다가와 슬쩍슬쩍 비비고 다니고, 기분 좋을 때만 한다는 골골송을 흘리고 다녔다. 그동안 고양이라면 무조건 싫어하고 알레르기 반응을 보였던 나였는데도 웬일인지 이 녀석이 밉지 않았다. 그동안 개는 많이 키워 봤지만, 이렇게 고양이를 가까이서 보긴 처음이었다.

토토 녀석이 우리 집에 온 지 벌써 4년이 되었다. 입양할 때 결정적 역할을 해준 것이 동생네 보리였다. 보리는 내가 갖고 있던 고양이에 대한 선입견을 모두 바꿔놓았다.

영등포 어느 골목에서 다 죽어가는 상태로 구조되었다는 토토는 그 당시 갈 곳이 없다고 했다. 측은한 마음이 들었고 식구들 반대도 무릅쓰고 힘든 결정을 내렸다. 그것이 나중에 나에게 큰 빌미가 되어 돌아올 줄은 정말 몰랐다. 그 후 이 녀석이 털도 많이 빠지고 4년을 살았는데도 다가오기는커녕 도망 다닌다고 불만을 터트릴 때마다, 자기들은 모두 반대했다고 목소리를 높인다. 그런데도 이 토토 녀석은 나를 제일 싫어한다. 처음 왔을 때 강제로 목욕시킨 것이 원인이라고 하는데 정말 어이가 없다. 그래도 어떻게든 친해져 보려고 노력도 해보았지만, 아직도 나를 경계하고 무서워하긴 마찬가지다. 그럴 때마다 딸은 이모네 보리와는 출신 성분부터가 다르다며 비교하지 말고 이해해 주라고 신신당부다. 보리는 유전자 조작으로 태어난 고양이라서 사람들과 친숙한 거란다.

지난 추석 때 시골 세컨하우스에 갔다가 놀랄 만한 소식을 듣고 왔다. 아랫집 개가 눈이 안 좋아져 수술을 받았는데 현재까지 들어간 돈이 2천만이란다. 그런데도 호전되기는커녕 안타깝게도 실명이 되었단다. 얼마나 화가 나던지 인터넷상에 글을 올렸더니 병원 측에서 피해보상을 요구하는 고소장을 보내왔단다. 자세한 내막은 알 수 없지만, 개가 실명된 것도 억울한데 법적 싸움에 놓였단다. 얼마나 속이 상하고 화가 날까 싶다. 시력을 잃고 고통스러워하는 개를 지켜보면서 며칠 동안 울었다는 자매님이 참 따뜻한 분이라고 느껴졌다. 내 가까이에도 이런 분이 있었다는 것이 신기하고 참으로 놀라웠다. 어떻게 사람도 아닌 짐승에게 그 큰돈을 선뜻 내놓을 수 있는지. 하지만 아직도 내겐 불가능한 일이다. 누군가에게 그 말을 했더니 대뜸 "그 사람 미친 것 아냐? 차라리 사람 살리는 일에나 그 돈을 쓰지." 하는 사람도 있으니 말이다. 자매님은 유기견 돌보는 곳에서 자원봉사도 하고 있고, 이곳 세컨하우스로 이사 오면서 길냥이들 집도 지어주고 사료도 챙겨주고 있다. 반면에 숫자가 늘어난다며 불만을 토로하는 이웃도 있다. 어쨌거나 생명을 살리는 일임엔 틀림이 없으니 지탄받을 일은 아닌 것 같다.

그동안 까마득하게 잊고 살았던 추억 하나가 요즘 고양이를 키우면서 자꾸 되살아난다. 단독주택에 살 때인데 한겨울에 만삭인 몸으로 고양이 한 마리가 반지하 연탄 광으로 들어왔다. 나는 깜짝 놀라 앞뒤 가릴 것 없이 연탄집게로 나가지 않으려고 버티는 고양이를 억지로 떠밀어 내쫓았다. 지금 생각해 보면 날은 춥고 새끼는 곧 나올 것 같았는데 얼마나 힘이 들었을까 싶다. 그 추위에 어디 가서 몸은 잘 풀었는지, 지금 생각해 보니 정말 미안하고 내가 너무 심했다는 생각이 든다. 아기를 낳고 키우는 엄마였으면서 왜 그렇게 매몰차게 대했는지, 그 고양이가 나를 얼마나 원망했을까 싶다.

세상이 바뀌어 가고 있다. 특히 고령화 사회로 접어들면서 반려동물에 대한 관심도 증가하고 있다. 동네가 신도시로 개발되면서 동물병원도 여러 군데 생겼고, 하물며 24시간 동안 운영하는 병원도 사거리 코너에 생겼다.

요즘 우리 토토는 집에서 링거 수액 주사를 맞고 있다. 다행히 설사도

멎고, 사료도 조금씩 먹기 시작했다. 얼마나 다행인지 모르겠다. 살려야 겠다는 신념 하나로 딸이 한 번도 해본 적 없는 주사 치료를 위해 약을 한 보따리 받아왔다. 주사기를 앞에 놓고 "엄마 어떻게 하지?" 주사 놓는 방법을 간호사가 잘 설명해 줬다고 하면서도 막막한 모습이다. 딸의 간절한 눈빛을 차마 뿌리칠 수 없어 수원 동생들과의 선약을 취소할 수밖에 없었다. 커다란 주사기에 수액을 뽑아 아침, 저녁으로 피하에 주사하고 있다. 나의 간호 경력이 오랜만에 빛을 발하는 순간이다.

"토토야! 내가 너를 이렇게도 사랑하는데 아직도 나를 외면하는 너는 도대체 뭐니?"

이 동 석

한마디

꽃과 나무는 정성을 다해 키우면 은은한 향과 아름다운 보답을 한다는 깨달음을 얻었고, 나의 젊은 시절의 추억이 스며 있어서 종로5가역을 지날 때마다 더욱 정겨움을 느낀다.

약 력

- 《한국수필》(2016) 등단
- 중랑문학상 우수상(2021)
- 참좋은문학회 회장 역임, (現)한국수필가협회 운영이사, 중랑문인협회 이사
- 수필집: 『따뜻한 밥 한 그릇』『백살까지 살아남으세요』

종로5가역 _{외 1편}

　종로5가역은 오랫동안 이용한 곳이다. 지금은 역 주변에 나무 판매 시장이 서울시 정비 계획으로 없어져서 아쉽다. 대신 난이나 조그만 꽃모종, 종묘 판매로 바뀌었다. 이십여 년 전에 내가 전원생활을 시작하면서 이곳에서 대추, 자두, 사과, 호두, 매실, 소나무, 뽕, 두릅, 가시오갈피 등등 많은 묘목을 사서 심었다. 다섯 주를 심었던 두릅나무가 지금은 냇가 쪽으로 자손을 늘려 이백여 그루가 넘었다. 가시오갈피와 다래 순은 봄나물이 되어 식탁을 풍성하게 채워주니 감사한 일이다. 가끔은 지인이나 가족이 모여 오디를 따서 나누기도 하고, 아내가 오디잼을 만들어 아는 사람들에게 나누어 주니 소소한 행복을 누리기도 한다.

　집에서 행사가 있을 때 서양란을 사려고 이 역에 오면 가격이 재래시장 꽃가게의 반값 이하다. 꽃대가 두 대인 난(蘭)이 만 원 정도이다. 여러 개를 사면 조금 더 깎을 수도 있다. 만 원을 투자해서 삼사 개월 꽃을 보며 행복하니 가성비가 좋은 것 같다. 잘만 하면 꽃이 진 후에 살려서 다시 꽃을 피우기도 한다. 사무실 내 자리 옆에는 화분이 삼십여 개가 있다. 십여 년 넘게 물을 주며 관리하다 보니 요령이 생겼다. 그러면서 동양란, 해피트리, 돈나무, 호야 꽃이 피는 것도 보았다. 십여 년을 옆에 두고 키운 호야는 삼 년 연속 꽃을 피우고, 올해는 꽃핀 자리에서 세 번이나 꽃을 피워 동료들도 희한한 일이라고 한다. 식물도 정성과 관심에는 보답하는가 보다. 오랫동안 꽃나무를 키우다 보면 물을 주는 기간과 방법으로 꽃나무와 소소한 밀당이 필요하다. 그래야 나무들이 최악의 환경이라 인식하고 꽃을 피운다.

역 주변에는 '보령약국' 등 많은 약국이 있다. 의약 분업이 시행되어 의사의 처방전이 있어야 약을 살 수 있다. 예전에는 약사들이 환자의 이야기를 듣고도 환자에게 약을 지어주었다. 요즘엔 병원이 있는 주변에 약국이 많다 보니, 지금은 한산한 편이지만 그때는 도매 약국이 있는 역 주변은 많은 사람으로 북적였다. 나도 연로하신 부모님이 계시고 약값이 다른 곳보다 저렴해서 이곳을 자주 이용했다.

종로5가역 주변에는 백 년이 넘은 광장시장이 있다. 주단, 포목, 침구, 나전칠기, 주방용품 등과 먹거리 시장으로 더 유명하다. 현재 세계 관광 코스로 지정되어 많은 외국인이 찾는 곳이다. 나도 이곳을 자주 이용했다. 회사 초년병 시절에는 주머니 사정이 넉넉하지 않은 친구끼리 이곳에 와서 술과 음식을 먹으면 가격이 저렴해서 편한 마음으로 즐길 수 있었다. 그러나 지금은 이곳 음식점을 이용하고 술값을 치를 때에 바가지 쓴 듯한 기분을 느낄 때도 있다. 빈대떡집은 기름에 전 것 같은 음식을 한국 사람이나 외국 손님에게 당연한 것처럼 내놓는다. 외국 사람들이나 젊은 세대들이 그 맛을 진짜 빈대떡으로 잘못 인식할 것 같아 안타깝다. 이곳에는 음식 종류가 너무 많은데 사람마다 취향이 다르니 고르기가 힘이 들 것 같다. 그동안 지인들과 자주 만나서 먹어본 경험으로는 칼국수, 낙지와 소고기 육회를 섞은 육회탕탕이는 추천할 만한 것 같다.

1974년 영업을 시작한 종로5가역은 주변에 청계천 복원 사업으로 경관이 좋아지고 물고기도 사는 맑은 물이 흘러서, 그곳에서 즐기기 위해 많은 사람과 외국인들이 주변을 이용한다.

친구들과 회사 동료와 등산 후나 회식 장소로 자주 이용한 곳이다. 오랜 친구가 나이 탓인지 주사(酒邪)가 심해져 오랫동안의 좋은 추억까지 잃을 것 같아 술자리는 더 이상 안 하기로 마음먹은 장소이다. 동갑내기 친구들과 부부 동반으로 젊은 사람들이 많이 모이는 대학로 근처에 연극을 볼 때도 이 역을 이용했었다. 꽃과 나무는 정성을 다해 키우면 은은한 향과 아름다운 보답을 한다는 깨달음을 얻었고, 나의 젊은 시절의 추억이 스며 있어서 종로5가역을 지날 때마다 더욱 정겨움을 느낀다.

동대문역

야구 시청하는 것을 좋아한다. 고등학교 시절에 지금의 동대문역 주변에 있는 동대문야구장에서 군산 상고가 전국 고교야구 대회에서 9회 말 투 아웃의 절체절명의 상태에서 역전으로 우승했던 기억이 생생하다. 고향이나 학교와는 관련 없지만, 항상 그 팀이 나오면 활력이 있어 텔레비전을 보면서 응원하고 좋아했다. 인생도 역전을 하면 멋진 일이지만, 실제로 일어날 가능성이 적으니 야구를 보면서 대리 만족을 하며 희열을 만끽하는 것 같다. 그러니 자기와 연관이 있거나 좋아하는 팀이 이기면 오죽하랴.

대학 생활을 하면서 직장 생활과 병행하니 스포츠를 즐길 여유가 거의 없었다. 대학 시절의 추억도 없이 4년을 보내야 한다는 허무한 생각이 들곤 했다. 다행히도 내가 다니고 있는 학교에 신생 야구팀이 춘계·추계 야구에서 스카우트나 재정적 지원을 받은 쟁쟁한 명문 대학을 제치고 준우승을 했다. 그래서 토요일이나 일요일에 예비역 친구들과 밀린 스트레스를 풀기 위해 동대문역에서 만나 동대문야구장에 응원을 갔었다.(지금은 야구장이 동대문 역사문화 박물관으로 바뀌었다.) 당연히 우리 팀을 응원하지만, 술 한잔하기 위해 팀을 나누어 응원했다. 상대 팀이 1루타 치면 한 잔, 2루타면 두 잔, 홈런이면 넉 잔을 먹고, 반대 결과이면 우리가 먹는 것이었다. 지금도 술 반입이 안 되지만 그때도 사실은 반입이 불가능했었다. 그러나 우리가 누구인가? 몇 병은 숨겨 들여오고, 나머지는 오징어 파는 아주머니와 아저씨들이 야구장 담장 너머에서 낚싯줄로 소주를 넘겨서 몰래 팔았다.

술이 들어가서 몸이 뜨거워지고, 야구 열기가 팽팽해지면 어깨동무하면서 응원가를 불렀다. 〈연안부두〉라는 노래는 우리 학교 근처에 있는 지명인 데다 너무 자주 불러서 우스갯소리로 '우리 교가'라고 했다. 그동안 일이나 시험 때문에 쌓였던 스트레스를 날리는 방법으로는 최고의 스포츠였다. 지든 이기든 경기가 끝나면 친구들과 어깨동무하고 노래 부르면서 동대문역 주변에서 술 한잔하며 경기 관전평을 해설가인 양 서로 이야기하면서 즐기다 헤어졌다. 경기가 있는 날은 경찰도 그런 학생들이 너무 많아서 고성방가를 심하게 단속하지는 않았다.

같은 문학회 P 선생이 《한국수필》에 발걸음 에세이에 작품 발표할 때, 아내가 그 길을 함께 걸어보자고 제안했다. 세 사람이 동대문역에서 만나 근처에 있는 한양도성박물관을 관람했다. 옛날과 현재까지로 이어지고 있는 서울의 모습, 도성 축성하는 자료들을 방대한 문서와 사진으로 잘 정리하여 전시하고 있었다. 건축 관련한 사람과 학생들에게 좋은 곳 같았다. 그곳을 나와서 아래를 바라보면 동대문(흥인지문)의 전체 모습이 멋지게 보인다. 그리고 능선을 걸으니 약간의 높은 산길과 한양 도성의 성곽길이 이어졌다. 주변을 깨끗하게 정비하고 가끔 지나치는 예쁜 카페가 눈길을 끌었다. 조그만 꽃길도 조금씩 조성되어 걷는 동안 기분이 상쾌했다. 제일 높은 곳에서는 조그만 전망대가 있고 좌우로 도심의 모습이 볼 만하다. 인왕산, 안산, 청와대 가까이는 대학로, 혜화동 성당, 서울대학교, 어린이병원 등 혜화동 주변이 보인다. 우측으로는 보문사와 삼선동, 보문동 일대가 보인다. 낙산공원을 거쳐 혜화문과 한양도성 혜화동 전시센터까지 한 시간에서 한 시간 반 정도 옛 모습과 현재를 만나는 기분 좋은 산책 코스였는데 매스컴에서 몇 년 안에 재개발한다는 이야기가 있어 안타까운 마음이 든다.

동대문역은 1974년 업무를 시작했고, 1호선과 4호선이 만나는 역이다. 주변에는 평화시장, 동대문종합시장, 신발도매상가, 서울패션아트홀, 백남준 기념관, 창신시장, 청계천 헌책방거리 등등 볼거리와 먹을거리가 많다. 또한 K패션을 주도하는 패션 건물들이 즐비해서 많은 외국인이 직접 보고 자기 나라에서 판매할 필요한 옷들도 주문 제작한다고 한다. 조금 떨어진 거리에는 황학동 풍물시장이 있다. 그곳은 여러 가지 신기하고 없는 것 빼고는 다 있다는 오래된 물건을 파는 곳으로 유명하다.

아내가 쓴 「그 남자의 이사」 주인공이 이곳에서 튜닝해서 산 오래된 스피커로 멋진 음악을 이층에서 아래층에 있는 우리에게 들려주었던 아련한 추억도 떠오른다. 동대문역은 친구들과 또 문우와의 만남이 있는 곳이다. 인생 역전을 꿈꾸던 활기찬 역이라 이곳을 지나면 행복한 기운이 몸에 돈다.

『수필』

오 서 진

한마디

내 안의 무심함과 따뜻함의 미묘한 조합,
너를 만났던 모든 시간에 나는 얼마나 옳았는가.

약 력

- 《문학세계》(2010) 시 등단. 『한국수필』(2020) 신인상 수상
- 올해의좋은수필 수상(2023)
- 한국수필가협회, 한국수필작가회, 참좋은문학회 회원, 중랑문인
  협회 사무차장
- 동인지 『수필에 블렌딩 하다』, 『잠시 쉬어가도 괜찮아』, 『다시,
  길을 걷다』 등 다수

관심의 다른 말 외 1편

    J 녀석은 내가 무얼 시키든 '왜요?'라는 삐딱한 말로 내 신경을 거스른다. 그럴 때마다 녀석의 답변에 반항이 느껴져 묻지도 따지지도 말라는 식의 내 고약한 심보가 발동한다. 어떤 날의 '왜요?'는 정말 궁금해서 하는 질문일 수도 있는데, 녀석의 습관 된 '왜요?'는 나로 하여금 아이를 이해해 보려는 노력보다 '그 입 다물라'는 잠재적 꼰대 근성을 유발케 한다. 어쩌면 아이의 답변을 순수하게 받아들이지 못하고 어른에 대한 말대꾸로만 듣는 내 아집과 문제라는 인식의 편견 때문일 수도 있을 것이다. 그렇다면 나는 다른 아이들의 '왜요'에도 매번 반항을 느끼는가? 자문해 보면 '그렇지 않다'라고 바로 대답할 수 있다.

    녀석의 '왜요'는 언제 어디서부터 시작되었을까. 그것은 정말 질문일까 반항일까. 아니면 의미 없는 습관일까. 그것도 아니면 관심의 이면일까. 다른 사람들도 나처럼 녀석의 '왜요'를 매번 반항적으로만 느낄까? 녀석을 떠올리면 내 머릿속으로 수십 개의 '왜?'라는 질문이 줄줄이 엮여 나온다.

    미술 학원에서 2개월, 태권도장에서는 3개월, 심지어 영어 학원에서는 한 달도 못 버티고 쫓겨났다는 소문들로 보면 단지 나만의 문제인 것 같지는 않다. 게다가 학교에서도 종종 문제를 일으키는 모양이다. 녀석의 할머니는 오늘도 학교 담임 선생님의 부름을 받아 상담실에 계신다고 했다(J는 부모님과 떨어져 할머니와 둘이 산다). 한 달 동안 벌써 네 번째라며 같은 반 친구 K가 고자질하듯 전해준다. 하루가 멀다고 터지는 대형 사고들로 인해 학부모들 사이에 녀석은 경계 대상 1호 인물로도 유명하다.

이번엔 녀석이 아닌 내가 대형 사고를 치고 말았다. 그날따라 녀석은 작정이라도 한 듯 친구까지 동원해 수업을 방해하고 나섰다. 1분마다 터지는 '왜요'와 옆의 친구를 해코지하는 모습을 보다못해 가방을 싸서 교실 밖으로 녀석을 내쫓고 말았다. 녀석은 아무렇지도 않게 씨-익 웃으면서 '얼씨구나 좋다'는 표정으로 뒤도 돌아보지 않고 가버렸다. 성질에 못이겨 사고를 치긴 했지만 후련함보다 걱정과 불안이 앞섰다. 요즘 호랑이보다 더 무서운 게 학부모라고 하지 않던가. 더구나 J 녀석의 아버지는 무섭기로 소문난 경찰관이라고 했는데…. 게다가 요즘 학원 사정이 별로 좋지 않다. 부동산 수 다음으로 많은 게 학원이고, 곧 학생 수보다 학원 수가 많은 시대가 온다고 할 만큼 아이들이 없어 경쟁이 치열하다. 어르고 달래도 부족할 판국에 내쫓기까지 하다니, 아무래도 간이 배 밖으로 나온 것 같다.

밤늦게까지 퇴근을 하지 못하고 울리는 전화벨에 불안을 느끼며 기다렸지만, 녀석의 할머니와 아버지에게서는 아무런 연락이 없었다. 불행인지 다행인지 알 수 없는 감정을 안고 집으로 돌아왔다. 다음날에도, 그다음 날에도 녀석은 나타나지 않았고 부모님에게서도 아무런 연락이 없었다.

사흘째 되던 날, 녀석은 너무도 의기양양한 표정으로 '안녕하세요'라고 인사를 외치며 아무렇지 않게 나타났다. 순간 왜 반가운 마음이 들었을까. '다시는 오지 말라고 했던 것 같은데 왜…' 하마터면 마음에도 없는 말을 뱉을 뻔했다. 녀석은 이미 교실 안으로 사라졌고, 반가운 마음을 감추지 못하고 들킬까 봐 차마 뒤따라 가지 못했다. 엊그제의 일을 부모님께 알리지 않은 것 같아 기특한 마음까지 들었다. 싸우면서 정든다고 그동안 미운 정 고운 정이 다 들어버린 것일까. 나중에 안 사실이지만 학원에 못 오는 사흘 동안 녀석은 학원 근처의 놀이터와 공원을 배회하며 시간을 보냈다고 한다. 그 소릴 들으니, 마음이 싸하고 아프다(사람 마음 참 간사하다.)

이런 입씨름이 몇 년째 이어지고 있다. 여전히 어느 한쪽도 양보할 기색이 없어 보인다. 애나 어른이나 똑같다는 말이 녀석과 나를 두고 나온 말일 거다. 나도 나지만 녀석의 고집도 어지간하다. 이쯤이면 지긋지긋해서 학원을 그만둘 만도 하련만, 그만두기는커녕 학원에 강력 접착제라도 붙여 놓은 것처럼 붙어 있다. 꾸중에도 내성이 생긴 듯 눈 하나 깜박 않고, 나는 그런 녀석에 점점 길들어가는 느낌이다. 녀석은 정말 센 놈인 게 분명하다.

근처 학교에서 선생님을 고발하는 사건이 일어나 온 동네가 발칵 뒤집혔다. 학교 교장실이 아닌 교육지원청 학폭위에 아이들이 직접 고발했다는 것이다. 처음에는 장난인가 싶었는데, 문제를 해결해 주지 않으면 방송국에 직접 제보하겠다는 협박까지 했다니, 요즘 아이들 참 대단하다.

선생님을 고발한 이유가 수업 시간에 선생님이 아이들의 가방을 툭툭 발로 차고, 아이들을 공평하게 대하지 않았다는 것이다. 이참에 담임 선생님을 바꿔 달라는 요구와 함께 선생님의 반성문까지 요구했단다. 다행히 교육지원청에서 나온 담당자의 중재로 담임 선생님이 아이들에게 사과하는 것으로 일은 매듭지어졌다.

녀석이 은근슬쩍 내게 다가와 목소리에 힘을 주어가며 그 소식을 전한다. 그리고선 다음에 또 자기를 내쫓으면 고발하겠다며 협박을 하고 나선다. 그러면서 넌지시 사흘 동안 수업을 못 받았으니 수업료를 내어 달란다. 일 초의 망설임도 없이 한 달 수업료를 다 내줄 테니 지금 당장 집으로 돌아가라고 큰소리쳤더니만, 슬그머니 꽁무니를 내빼며 달아나 버린다.

가끔 녀석의 반항이 관심으로 느껴질 때가 있다. 친해지고 싶은 친구나 가까워지고 싶은 사람에게 하는 행동 같은데, 다가서는 방법이 영 서툴고 거칠다. 관심이나 사랑받고 싶은 마음은 극진한 것 같은데…. 사람마다 좋아하는 마음, 관심 있는 마음을 표현하는 방식이 조금씩 다르긴 하다.

J 녀석의 '왜요'도 좀 서툴고 투박하긴 하지만 사람과 사람 사이, 마음과 마음을 이으며 관계를 맺고픈 접속사가 아닐까.

뒷모습

터벅터벅 걸어가는 그의 뒷모습을 보고 있자니 쓸쓸함이 밀려왔다. 축이 무너진 신발이 비틀거리는 그를 빠듯이 지탱하며 질질 끌고 있었다. 그 비틀거림이 신발 때문인지 사람 때문인지…. 달려가 무슨 일 있느냐고 묻고 싶었지만, 한 등 가득 내려앉은 적막 때문에 엄두가 나지 않았다. 허물린 둔덕 같은 그의 등을 눈으로 쓸어내리며 입보다 귀를 많이 여는 사람은 앞쪽보다 뒤쪽에 표정을 많이 담아둔다는 생각을 했다.

그와 헤어지고 몇 시간이 지난 후, 그는 집에 잘 도착했다는 인사와 함께 고맙다는 말을 문자로 전해왔고, 내게 빌린 돈은 이삼일 안으로 보내주겠다며 계좌번호를 물었다. 잠시 머뭇거리는 동안 그에게서 다시 전화가 왔고 계좌번호를 물어 알려 주었다. 하지만 다음날도 그다음 날도 통장에 돈은 들어오지 않았다. 그 후로 오랫동안 연락이 끊겼다. '보내 줄 것도 아니었으면서….' 잠시 마음이 뒤틀렸지만 금세 잊었다. 아내와 다투고 집을 나온 지 일주일 되었고 집에 들어가기 멋쩍어 사과의 의미로 작은 선물이라도 사 가겠다며 내게 얼마간의 돈을 빌려 갔다.

돈이라는 게 참 그렇다. 받을 생각이 전혀 없다가도 주지 않으면 곧바로 본전 생각이 난다. 자주 연락하며 지낸 사이는 아니었지만 성실한 친구였고, 넉넉지 않은 형편에도 누구보다 앞장서 친구들 애경사를 잘 챙기는 따뜻한 사람이었다.

시간이 얼마나 지났을까. 그의 소식을 다시 들은 건 뜻밖에도 뉴스를 통해서였다. 무슨 일인지 '살인미수' 사건과 얽혀 있었다. 내막을 자세히 알 수 없었지만 너무도 큰 충격이었다. '성실하고 순한 사람이 그럴 리가 없는데….' 그를 아는 모든 사람이 나와 같은 생각을 했을 것이다. 무슨 일이 있었던 것일까. 어쩌다 휘말린 것일까. 달려가 알아보고 싶었지만 용기까지 내지는 못했다. 관심은 쉽게 잊혔고, 3년 형을 받고 교도소에 수감되었으며, 가족 외에 면회를 거절한다는 소식을 소문을 통해 들었다.

키가 크고 깡마른 얼굴에 마른버짐이 가득한 그는 초등학교 6학년 같은 반 친구였다. 한때 전국체전에 나갈 만큼 달리기를 잘하는 마라톤선수이기도 했다. 가정 형편이 어려워 먹는 날보다 굶는 날이 많아 운동하기가 쉽지 않았고, 학교에서는 그런 친구를 돕기 위해 종종 모금 운동을 하곤 했다. 공부하는 시간보다 운동하는 시간이 많아서일까, 그는 교실보다 운동장이 편해 보였다. 특히 이른 아침이나 해가 질 녘이면 허기진 배를 움켜쥐고 운동장을 뱅뱅 돌고 있는 모습이 자주 눈에 띄었다. 마라톤선수가 꿈은 아니었고, 달리기 연습이 끝나면 빵과 우유를 얻어먹을 수 있어 배를 곯지 않기 위해 운동을 했었다는 말을 성인이 된 그에게 들은 적이 있다. 마라톤 중계를 보게 되거나, TV에 황영조, 이봉주 선수가 나올 때면 어김없이 그 친구가 떠올랐다.

3년이 지난 어느 날 불쑥 그 친구가 직장으로 찾아왔다. 남루한 옷차림에 칙칙한 분위기가 그간의 삶을 짐작게 했다. 그와 함께 있는 모습을 다른 사람에게 들키고 싶지 않아 직장으로부터 멀리 떨어진 곳에서 밥을 먹었다. "미안해 오래 기다렸지, 사정이 좀 있었어." 그 사정을 알은 체해야 하나, 모른 체해야 하나 망설이는데 그가 주머니에서 꼬깃꼬깃한 봉투를 꺼내 놓았다. 낡고 닳아서 찢어진 틈으로 내용물이 살짝 보였다. "이게 뭐야?" 했더니 "3년 전에 빌린 돈." 순간 얼굴이 화끈 달아올랐다. 감옥에 있는 3년 내내 생각했던 것일까? 그의 진심을 의심했던 미안함에 고개를 들 수 없었다. 봉투를 다시 그 친구 앞으로 밀어주며 어색한 웃음을 짓자, "이자는 못 줘."라는 말로 상황을 정리했다. 일주일 전에 나왔고 마음을 추스른 후 부랴부랴 서둘러 왔다고….

읊조리는 듯한 입술 사이로 알아들을 수 없는 말이 술술 흘러나왔다. 자세한 내용을 들을 수는 없었지만, 외국까지 가서 힘들게 벌어 온 돈과 재산을 아내의 외도로 모두 빼앗겨 버렸다는 것이다. 내게 돈을 빌려 간 그 시기는 집에서 나와 여관을 전전긍긍하던 때였고, 다시 한번 아내를 용서해 보고자 찾아간 그곳에서 외도한 남자와 마주쳐 싸움이 벌어졌다고 했다. 그 이후의 상황은 듣지 않고도 짐작할 수 있었다. 한동안 적막이 흘렀고, 애써 절제하는 듯한 그의 숨소리만 가쁘게 들렸다.

얼마 전 그 친구 딸의 결혼식에 다녀왔다. 교도소에 있으면서도 딸의 생활비와 학비를 댄 눈물겨운 아버지. 결혼 행진곡에 맞춰 딸의 손을 꼭 잡고 조심스럽게 걸어 들어가는 그의 뒷모습은 더 이상 쓸쓸해 보이지 않았다. 하객들의 우렁찬 박수와 함성이 신부보다도 그 친구에게 보내는 응원 같아 든든하고 따뜻했다. 딸과 웨딩마치를 끝낸 그가 돌아서서 활짝 웃는다. 여러 의미가 섞인 웃음이다. 그 의미가 무엇이든 지금의 그가 행복해 보이니 그것으로 되었다.

가족사진을 찍는데 그의 아내인 듯한 여자가 그의 곁에 나란히 선다. 그는 끝내 아내에게 뒷모습을 보이지 못한 모양이다.

박 효 숙

한마디

공감할 수 있는 옛이야기가 있고, 서로의 이야기를 귀 기울여
들어주며 늙어가는 그녀들이 있어 참 고마웠다. 고향 근처로
여행 와서 친구들과 고샅에서 놀던 꿈을 밤새 꾸었다.

약 력

• 한국수필(2020) 등단
• 한국수필가협회, 참좋은문학회 회원

무장해제 여행 외 1편

친구들 모임인 '무장해제', 네 번째 1박 2일 여행이다. 여주-우리 농막-충주에 이어 오늘은 충북 무극에 있는 '백야 휴양림'이다. 점심 먹고 커피만 마셔도 이야기가 끊이지 않았는데, 밤을 같이 보내면 할 이야기는 얼마나 많을는지. 그러나 만나서 하는 이야기는 늘 비슷하다. 그래도 처음인 것처럼 신나게 말하고 재미나게 듣는다.

모임의 친구 아들이 홈페이지를 여러 날 들고나기를 하더니 어렵사리 예약한 곳이 고향에서 4km 떨어진 곳, 우리가 다녔던 중학교 가까이 있는 휴양림이다. 외조부모님은 이미 돌아가셔서 가보지도 못한 외가 근처라니! 모자간에 흐르는 정서가 비슷한가 보다. 일단 소재지부터 대만족이었다. 갈 만한 시골 친정집은 없어도 마음은 늘 가고 싶고 머릿속에서만 그려보던 동네였다.

회계를 맡은 나는 모자, 양말, 핸드 로션을 선물로 준비하였다. 머리부터 발끝까지 우리 모임 덕분에 치장할 수 있는 거다. 한 친구가 '나 먹을 라면이라도 가져가야 하냐'면서 메뉴를 물어본다. 귀찮아 세 끼를 외식하려 했는데….

누군가 누룽지를 가져온다고 하자 최근 김장을 한 친구는 김치와 과일을 가져오겠다고 한다. 난 종류별로 커피와 차를 담당했다. 막상 만나니 우려했던 그녀는 우리의 식량 창고였다. 보쌈과 홍어회를 가져왔고 다음 날 아침에 먹을 만두전골과 냄비까지 준비해 왔다. 덤으로 복분자주도 한

병 갖고 왔으니 속 좁은 나를 무안하게 했고, 내 입을 과묵하게 만들었다.

약속 시간보다 빨리 만나 점심은 추어탕 집으로 갔다. 이 음식을 앞에 두고는 미꾸리, 붕어, 송사리 잡던 이야기가 펼쳐졌다. 앞 개울에서 잡은 미꾸리를 그릇에 담고 굵은소금을 뿌려 튀어 나가지 못하도록 잽싸게 뚜껑을 덮었다가 깨끗이 씻어 끓여 먹곤 했었다. 지금은 상전벽해가 되어 폐수가 흐르는 슬픈 개울이 되었지만, 여름이면 집보다 개울에서 보낸 시간이 더 길었다.

부른 배를 두드리며 검색해서 간 곳은 저수지 근처 카페다. 소읍에 과연 이런 카페가 있을까 눈을 껌뻑거렸다. 조금 전 배부르다는 말이 무색하게 빵과 커피를 골고루 주문하였다. 카페 앞마당에는 버스에서 관광객들이 내린다. 관광코스인가 보다. 현대적인 모습의 대형 카페가 발전하고 세련되어 가는 고향을 대표하는 듯싶었다.

산 밑에 자리한 늦은 오후의 휴양림은 늦가을이 오롯이 머물렀다. 골짜기에서 부는 바람이 오랜만의 친정 나들이를 기분 좋게 환영해 주는 듯했다. 상쾌했다. 우리가 묵을 방은 한 달 전에 개관한 건물에 있다. 모두가 새것이다. 그릇마다 광택이 나서 내 손자국이 지문으로 남을 것만 같다.

무생물까지도 우리를 반기나. 실내는 문턱도 없는 원룸형 구조라 앞뒤가 훤하다. 입구에 있는 화장실 문이 열려 있어서 오갈 때마다 불이 꺼지고 켜지기를 반복한다. 신경 쓰인다. 실내에 유일하게 있는 미닫이문을 닫으려는데 쉽지 않다. 들고 있던 물건을 내려놓고 양손으로 힘껏 밀었더니 조금씩 닫힌다. 중간에 힘을 빼면 안 된다. 끝까지 같은 힘으로 끌어야 한다. 지구력이 절대적으로 필요한 문이다. 문 한번 닫다가 든든히 먹은 점심이 다 소화되는 느낌이었다. 문턱도 없고 화장실도 약자를 위한 기구들을 설치해 놓고는 문 닫기가 이렇게 어려워서야. 잠시 흥분했다. 그런데 가만히 보니 파랑, 빨강 버튼만 누르면 열리고 닫히는 '장애인 배려 화장실'이다. 파랑 버튼을 누르니 간신히 닫은 문이 소리도 없이 열린다. 갑자기 콜라병 주인을 찾으러 도시로 온 부시맨이 생각났다. 나와 동일시해 보였다.

바리바리 싸 온 음식부터 냉장고에 정리한다. 5인이 아닌 10인을 위한 양이다. 복분자주를 곁들여 먹는 보쌈과 홍어회는 낯설면서도 젓가락질이 멈추지 않는다. 술인 줄 알았는데 겨우 음료수냐는 말에 가져온 친구가 극구 부인한다.

설거지를 끝낸 후 한밤중에 테라스에 앉아 흐린 밤하늘을 본다. 고무줄놀이, 공기놀이, 팬티만 입고 멱 감던 그 소녀들이 이제는 염색으로도 감출 수 없는 희끗희끗한 머리칼에, 펑퍼짐한 몸매에, 앉고 일어서는 속도가 느리다. 공감할 수 있는 옛이야기가 있고, 서로의 이야기를 귀 기울여 들어주며 늙어가는 그녀들이 있어 참 고마웠다. 달, 별이 인사하러 나와서 친구가 되었다면 우리의 이야기는 끝이 없었을 텐데 회색빛 밤이 숙면에 한몫했다. 고향 근처로 여행 와서 친구들과 고샅에서 놀던 꿈을 밤새 꾸었다.

기억 속의 그 남자

열심히 보는 텔레비전 프로그램이 〈인간극장〉이다. 시작하기 전 7시 50분에 수저를 놓을 수 있도록 마치 출근 시간에 쫓기는 직장인처럼 아침밥을 먹든가, 다 차려놓고 〈인간극장〉이 끝나는 8시 20분 이후에 식사한다.

평범한 사람 같으면서도 비범하게 사는 여러 부류의 우리 이웃이 주인공이다. 사는 곳도 연령, 직업, 국적도 다양하다. 국내 거주자 외에 해외 교포 이야기도 있었다. 올 초, 친구 딸 가족 이야기가 나온다고 하여 방영 전 한 주간은 자칭 홍보대사이기도 했다.

이번 주는 무명 MC 이야기다. 쇼 프로그램의 화려함만 알았지 식전, 식간에 무명 MC의 진행이 있는 줄은 몰랐다. 삼십 대 후반인 그는 아기 돌잔치 사회자로 시작했는데, 방송 활동 십여 년이 지났어도 정식 진행자로서의 위치는 아직 확보를 못 했다.

즐겨보는 프로그램인 〈불후의 명곡, 열린 음악회〉는 깔끔한 양복을 입은 남자, 우아한 드레스를 입은 여자 진행자만 있는 줄 알았다. 중간중간에 땀 흘리는 진행자가 있는 줄 이번에 처음 알았다. 그의 직업을 '사전 MC'라 하고, 인간극장의 주인공은 'MC배'라는 이름으로 활동한다. 평소 녹화장에서 그의 모습은 환한 조명이 꺼진 카메라에서만 잡힌다. 그러니 그런 직종의 사람이 프로그램 중간에 흥을 돋우고 분위기를 띄우는 줄은 녹화 현장에 간 적이 없으니 몰랐다. 옛날에 '바람잡이'라고 부르는 역할을 하는 거였다.

　십 대 후반, 정동 문화방송국 옆 체육관에서 음악 프로그램 녹화가 있었다. 방청권이 있어야 입장 가능했는데, 친구가 두 장을 얻었다며 줄을 서서 오랜 기다림 끝에 입장하였다. 지금과 규모나 열기는 다르지만, 당시 텔레비전에서 인기가 있는 프로그램이었다. 방청권이 없는 소녀들은 빌붙어 들어가고 싶어 내 곁에 얼씬거렸지만 단칼에 잘랐다. 잘못해서 걸리면 나도 그토록 원하던 것을 구경할 수 없기 때문이었다. 주위의 부러움을 받고 설레는 마음으로 입장하였으나, 막상 들어오니 내부는 엉성하니 춥고 판자로 된 계단식 의자라 불편하였다.

　당시 인기 있던 두 남녀가 진행자였고 가수들이 노래하였다. 유명 가수임에도 노래를 부르다가 중간에 자꾸 틀려 노래 한 곡을 끝까지 들으려면 여러 번 손뼉을 쳐야 했다. 여기서 그만 나가고 싶을 때 김명덕 씨가 등장하였다. 원숭이 흉내를 내니 박수가 절로 나왔고 생기가 들었다. 분위기를 띄우던 그가 무대 뒤로 사라지자 마치 한바탕 회오리바람이 친 듯했다. 다시 진행자의 멘트로 이어지고 또 노래하면서 녹화를 진행하고…. 지칠 때쯤 다시 김명덕 씨의 입담과 율동이 시작되어 힘을 얻었다.

　45년이 훌쩍 지난 지금은 프로그램 제목이나 진행자, 가수 이름, 곡목은 전혀 모르지만 김명덕 씨만은 정확히 기억한다. 어느 날 그가 텔레비전에 나왔다. 나만치 많이 변한 모습이었으나, 나의 십 대 시절 오빠를 본 듯 반갑고 애잔함이 들었다.

　〈인간극장〉 첫날, 대기실도 없이 이리 뛰고 저리 뛰며 땀 흘리는 'MC 배'를 보면서 어디선가 분명 나처럼 먼 훗날에도 그를 기억해 주는 사람이 있으리라는 확신이 들었다. 다 잊었어도 프로그램을 끝까지 앉아서 볼 수 있도록 바람잡이 역할을 한 기억 속의 그 남자만이 내게 또렷이 남아 있듯이.

방송국 근처에 거주하는 'MC배'의 작은 자취방이 나온다. 부엌이 없어 주방용품이 화장실 한 귀퉁이에 오밀조밀 세 들어 있다. 외국에서 혼자 지내는 아들 모습과 화면이 겹치며 시야가 흐려졌다. 시청자의 한 사람인 나도 가슴 아픈데 부모님은 무슨 생각이 들까. 그러나 행복해하는 아들을 보고 함께 웃는 소박한 미소에서 무한 신뢰를 보내는 부모님의 마음이 느껴졌다.

『수필』

조 혜 숙

한마디

노란 방의 불을 꺼 내려가며 나 자신부터 다시 돌이켜 본다. 내가 쉽게 내뱉은 이야기에 상처받거나 기분이 나빠진 마음이 없는지 조심조심 스크롤바를 움직여 되짚어 본다.

약 력

- 《한국수필》(2021) 등단
- 중랑문학 신인상 최우수상(2020)
- 한국수필가협회, 참좋은문학회 회원

Talk Talk는 노크를 하지 않는다

    오늘도 역시, 노란 방은 바쁘다. 수십 개의 방은 서로 경쟁이라도 하듯 톡톡 튀어 오르며 빨간 불을 켜댄다.

    '어서 내 글을 보란 말이야!' 소리 없는 아우성이 들리는 듯하다. 그 경쟁은 늦은 밤도 이른 새벽도 아랑곳하지 않는다. 당장 하고 싶은 말들을 뱉어내야 살겠다는 듯 상대방의 안부는 조금도 배려하지 않는다.

Talk

    아침에 눈을 뜨자마자 휴대전화기부터 확인하는 일이 자연스러운 일상이 되었다. 눈을 비비며 전화기를 들여다보니 이른 새벽부터 기상나팔을 불듯 노란 방이 요란하다. 평소에도 깜빡이를 켜지 않고 끼어들기를 하는 운전자처럼 자신의 자랑을 늘어놓던 그였다. 이번에도 갑작스레 수십 년 전 정치인의 업적을 줄줄이 읊어대고는 이 시대에도 그분의 업적과 위대함을 잊지 말고 기억해야 한다며 추대하기에 열을 올리고 있다. 그 열기에 호응해주는 이는 없지만 그는 아랑곳하지 않고 언제든지 또 깜빡이를 켜지 않은 채 끼어들기를 하는 것을 주저하지 않을 것이다.

Talk

    대한민국 반대편을 여행 중인 이가 낯선 풍경을 배경으로 찍은 사진 수십 장을 투척한다. 새로운 곳에서 느끼는 설렘을 시작으로 우연히 발견한 식당에서 맛있게 먹은 음식 이야기, 멋진 노을을 보며 산책을 한 일, 함께 여행 중인 사람들과 주고받은 소소한 감정까지. 마치 나를 그 여행 속으로 끌고 들어가고 싶은 모양이다. 그러더니 다음에는 어느 나라에 갈 예정이라는 미래 계획까지 덧붙여준다.

그 글 밑으로 이어지는 댓글들, 사진 속 주인공의 미모를 칭찬하고 여행의 부러움을 쏟아낸다. 거기에 그들이 함께했던 오래된 추억들을 하나둘 보태어 정신없이 수다 삼매경에 빠져든다.

Talk

친구들이 모여 있는 노란 방에 '100'을 표시하는 빨간불이 켜졌다. 방문을 열기 전부터 숨이 턱 막힌다. 숨을 고른 후 그 문을 열고 들어가니 수백 개의 메시지가 쌓여 있다. 한참 스크롤바를 오르락내리락한 후에야 벼락같이 쏟아진 말을 겨우 소화해 낼 수 있었다. 시간이 꽤 지나 메시지를 확인한 후라 어떻게 반응해야 하나, 어떤 대답을 해야 하나 난감하다.

몇 번이고 반복해 들었던 시댁 이야기, 자신과 잘 맞지 않는 동료 이야기, 자꾸만 여기저기 아파지는 몸 이야기 등이 꼬리에 꼬리를 물고 이어진다. 그 괴로움과 고통에 동감하고 지지한다는 댓글로 겨우 그들을 위로한다.

Talk

아이가 등교한 후 집안일을 대충 마치고 업무를 시작한다. 출·퇴근이 정해진 업무를 하는 것이 아니라 부담을 덜 느끼고 시작했지만 생각만큼 쉬운 일이 아니었다. 오롯이 아이와 함께 지내기로 약속한 오후 시간에도, 저녁을 먹을 때도 그리고 하루를 마무리하고 잠자리를 준비하며 숨을 고를 때에도 노란 방은 쿵쾅거린다.

작성한 서류에 보낼 내용은 없는지를 시작으로 오탈자 확인을 부탁하기도 한다. 다음 회의 일자를 정하자는 대화들이 오가고 연대 의견이나 서명이 필요한 안건이 불쑥불쑥 고개를 내밀기도 한다. 밥을 먹을 때는 목이 콱 막히는 느낌에 밥맛이 저 멀리 달아나기도 하고 오랜만에 일찍 잠자리에 들어보려 누웠을 때는 아이가 빨리 잠들어야 새로 밀려 들어온 업무를 처리할 텐데 하는 초조함에 눈이 말똥말똥해진다.

적게는 서너 명을 시작으로 많게는 천 명이 넘는 인원으로 구성된 SNS의 단체 채팅방이 수십 개다. 생각날 때마다 손쉽게 보고 싶은 사람에게 안부를 건네고 이야기를 나눌 수 있어 고맙고 소중한 수단이기도 하지만 때로는 내가 원치 않는 이야기에 파묻히는 느낌에 피로감이 들기도 한다.

(정치와는 전혀 관련이 없는 분야 때문에 모인) 채팅방에서 내가 지지하지 않는 정치인의 찬사를 일방적으로 들어야 하는 일은 그리 달갑지 않다. 해외 이곳저곳을 여행하며 아름다운 사진을 쏟아내는 채팅방은 매달 빠듯한 생활비 걱정을 달고 사는 내 삶을 초라하게 비틀기도 한다. 눈치 없이 시도 때도 없이 빼꼼히 고개를 내미는 업무 관련 채팅창은 저 멀리 발로 뻥 차버리고 싶기도 하다.

수십 개의 노란 방의 사람들은 지금도 Talk! Talk! 빨간 불을 켜고 말을 건넨다. 그 방에는 학교 졸업 후 수십 년간 만나지 못한 이들도 있고 또 다른 방에는 연락하고 지내기 불편한 이도 있으며, 심지어 얼굴조차 모르는 이들이 허다한 방도 있다.

제발 나의 노란 방에 들어올 때는 잠시라도 내 안부를 살펴주고 노크를 해달라고 부탁하고 싶다.

노란 방의 불을 꺼 내려가며 나 자신부터 다시 돌이켜 본다. 정말 힘들고 괴로워 손을 내민 위태로운 말들에게 마음이 담기지 않은 빈 위로를 건네지는 않았는지. 속 좁고 꼬인 속내가 기쁘고 행복한 다른 이의 마음을 비틀어 보지는 않았는지. 내가 쉽게 내뱉은 이야기에 상처받거나 기분이 나빠진 마음이 없는지 조심조심 스크롤바를 움직여 되짚어 본다.

쉽다고 편하다고 시도 때도 없이 불쑥불쑥 쉽게 말하지 말고, 상대방의 안부를 살피며 고백하듯 조심스럽게 온 마음을 다해 천천히 깊이 있게 이야기해야겠다.

이 종 극

한마디

그래, 저 길로 가자. 언제까지 망설이고 있을 순 없다.
혼자 가기 외롭고 두려운 길, 먼저 가본 그를 의지하며 따라가
자. 가다가 돌부리에 걸려 넘어지더라도 그가 나를 일으켜 줄
것이다.

약 력

- 《한국수필》(2022) 등단
- 한국수필가협회, 참좋은문학회 회원
- 동인문학상 수필 부문 신인상(2022)
- 참좋은문학회, 한국수필가협회, 한국수필작가회 회원
- 저서 『아파트 관리소장입니다』(2024)

라떼 할아버지 외 1편

　코로나 확진자가 폭증하던 그해 여름이었다. 다중이용시설 출입 자제를 권고하는 정부의 방침에 따라 경로당 운영 중단과 함께 어린이놀이터, 쉼터(정자)도 추가 폐쇄 조치하기로 했다. 이용 금지 안내문 부착만으로는 다소 미흡한 생각에 의논 후 출입 금지띠를 둘러치기로 하였다.

　띠 작업을 완료하고 복귀한 과장을 따라 노인 부부가 오셨다. 할아버지는 거동이 불편해 보였다. '관리소장이 누구냐' 하는 목소리가 높고 손까지 떨고 있는 모습에 경리 주임이 탁자로 안내하고 생수 한 잔을 갖다 드렸다. 사연인즉, 띠 작업을 위해 정자에 갔을 때 두 분이 쉬고 있어 '코로나 때문에 폐쇄하니 오래 계시지 마세요'라고 했단다. 할아버지는 주민이 쉬는 곳인데 왜 못 쉬게 하느냐며 큰소리로 야단하며 관리소장에게 따진다고 오신 것이었다. 주민 보호와 감염 예방을 위한 조치이니 이해하시라며 달랬다.

　과거 동대표를 했다는 할아버지는 '내가 왕년에⋯', '나 때는 말이야.' 나름 화려했던(?) 라떼 시절의 무용담을 풀어놓았다. '라떼는 관리소장, 과장을 뽑을 때 주민 동의를 받았는데 과장은 언제 뽑았느냐, 소장은 언제 왔느냐, 주민 동의는 받았느냐, 왜 안 받았느냐' 등의 말을 한참 한 후에야 목소리가 누그러졌다. 할머님이 말씀을 보태셨다. "할아버지가 몇 년 전에 머리를 다쳐 언어와 보행장애가 왔어요. 지금은 치매까지 와서 저래요. 쉼터에 못 앉아 있게 했다고 저리 야단 부려요. 무조건 소장 만나러 간다고 고집부려 온 것이니, 소장님이 이해하세요." 두 분 모습에 부모님이 어른거렸다. 단단히 교육하겠노라는 말로 상황을 정리하고 첫 번째 만남을 끝냈다.

문제는 다음 날부터였다. 아침 회의 중 할아버지 전화를 받았다. 할 말이 있으니 정자로 오란다. '지금 회의 중이라 못 갑니다.' '주민이 오라면 와야지.' 말 공방이 길어져 할머니를 바꿔달라 했다. 할머니는 "이 양반이 아침부터 막무가내라 할 수 없이 전화한 것이니 소장님이 이해하시라" 했다. 오후에 전화하겠다 하고 통화를 끝냈다. 세 시쯤 다시 할머니 전화였다. "소장님 전화가 없다며 관리소로 간다기에 할 수 없이 전화했으니 알아서 말씀하세요." 했다. 어제와 같았다. 그 후로도 할아버지의 훈시는 무시로 반복되고 '법으로 한번 따져 볼까?' 하는 것 말고는 새로운 게 없었다.

그런 일이 일상이 되어버린 어느 날, 또 걸려 온 전화에 길어야 5분이겠거니 건성으로 답하며 하던 일을 계속하다 뜻밖의 말씀에 전화기를 고쳐잡았다. '점심 사줄 테니 집으로 와'. 잘못 들은 게 아니었다. 자장면 시켜준다며 와서 먹고 가라는 것이었다. 과장은 데려오지 말고 옆에 있는 아가씨랑 같이 오라 한다. 고3 수험생 아들이 있는 경리 주임이 졸지에 아가씨가 되었다. 시원한 생수 한 잔을 대접받았던 게 마음에 남았던 모양이었다. 순간 허를 찔린 듯한 기분과 함께 마음이 짠했다. '영감님이 시도 때도 없이 전화하는 이유가 사람이 그리웠던 것이었구나.' 그 후로도 오라는 전화는 몇 차례 더 있었다.

며칠 후, 몇 번이나 오라 해도 안 오는 소장이 괘씸했던지 직접 찾아오셨다. 불볕더위라 얼굴에는 땀이 흐르고 모시 적삼 저고리 단추는 두 개나 풀어져 있었다. 마스크도 없이 오셨기에 새것으로 씌워드리며 외출할 때는 꼭 쓰시라 하며 단추도 채우고 땀도 닦아드렸다. 일종의 기선 제압이었다. 시원한 생수 한 잔을 또 아가씨(?)가 대접했다. 할머니는 아침부터 소장에게 전화하라는 걸 지금 사무실에 없다고 했으나 혼자라도 가본다고 나가기에 설마 하며 뒤따랐더니 오다 넘어져 그때부터 부축하고 왔다고 했다. 바지를 걷어 보니 무릎이 까졌고 피가 보였다.

'할머니 말씀대로 집에 계시지 이 무더위에 불편한 몸으로 뭐 하러 예까지 오셨냐'며 제법 큰소리로 나무란 뒤, 구급상자를 꺼내 소독 처치 후 연고를 바르고 반창고도 큼직하게 붙여 드렸다. 할아버지는 얼떨떨한 표정에 순한 양이 되어 있었다. 할머니가 나지막이 말했다. "밥 먹으러 오라 하겠다고 저리 성화를 부리니 언제 한번 집에 와서 식사하고 가면 안 되겠냐." 순간 죄송한 마음이 들었다. '그래 한번 응해 드리자. 어려운 일도 아닌데….' 열한 시쯤 전화 후 방문하니 아래위 모시옷 차림의 할아버지는 쥘부채를 손에 쥐고 소파에 계셨다. '어여 들어와' 하며 반기시는 모습이 다른 사람 같았다. 옆자리에 앉아 할머니가 미리 차려 놓은 과일을 먹으며 벽에 걸린 군 전역 기념사진, 가족사진을 보며 군 시절의 무용담, 자식 자랑에 맞장구를 쳐 드렸다. 열두 시가 다 되어 온 김에 점심 먹고 가라는 말씀에 정신이 들어 약속이 있다 하고 일어섰다. 그럼 다음에 꼭 오라는 말을 들으며 사무실로 복귀했다.

그 후 한동안 전화가 없었다. 열흘쯤 지났을까, 음료수와 멸치 상자를 들고 할머니가 오셨다. "이게 뭡니까? 할아버지는요?"라는 인사말로 마주 앉았다. 지난번에 소장님이 다녀간 후, 인천의 친정 오빠에게 전화로 그동안 사정을 얘기했더니 집에 와서 며칠 쉬고 가라 하여 함께 다녀왔다고 했다. 멸치는 오빠가 사준 것이라고 했다. 할머님이 가신 후 고민에 빠졌다. '앞으로 어찌해야 하나? 할아버지 기억 속의 소장과 아가씨를 지우려고 사무적으로 대하고 자장면도 마다했는데, 할머니 가족의 마음까지 건네받았으니 이를 어찌하나?' 그냥 예전처럼 대해 드려야겠으나 멸치 상자에 담긴 할머니 가족의 마음은 어찌해야 하나?

　김광석의 〈서른 즈음에〉 노랫말처럼 저만치 멀어져 가고, 점점 잊혀져 가는 할아버지 기억의 한 조각을 자칫 주홍 글씨처럼 낙인을 찍거나, 할아버지의 24시간이 고장 난 벽시계처럼 온통 소장과 아가씨 생각에 머물게 하는 위험을 감수하더라도 멸치 세 상자에 담긴 마음만큼 더 친절해야 하는 건지. 그 뒷감당은 누가, 어찌할 것인지…. 중멸치 세 상자에 얽혀버린 지금 고민이 깊어간다.

정겨운 이웃

"축하합니다. 좋으시겠어요." 주말 아침, 목욕탕 앞에서 마주친 주인 K 사장이 큰소리로 축하 인사를 건넨다. "왜요? 무슨 일인데요?" 내가 되물었다. "한강이 노벨상 탔잖아요? 글 쓰는 분들에겐 집안의 경사라 생각되어 축하하는 것입니다." "네. 고맙습니다. 대단한 일이지요. 마침내 우리나라에서 노벨 문학상 수상 작가가 나왔으니 그것도 아직 젊은 작가가 말입니다. 글 쓰는 사람뿐만 아니라, 온 국민의 경사이지요."

첫 출간 수필집 속 「단골 이야기」에 나오는 K 사장이다. 수필집 출간 후, 책 속에 언급된 글 속 주인공과 글감을 제공해 준 이들에게 감사의 표시로 책을 선물하기로 했다. K는 카센터 김 사장, 꽃집 강 여사와 함께 이야기 속에 등장하는 세 인물 중 한 명이다.

흐뭇했다. 한강 작가가 일궈낸 노벨 문학상 수상이 얼마나 대단한 일인지 알기 때문이다. 그동안 노벨 문학상 후보로 우리나라 문인의 이름이 오르내렸으나 지금까지 수상하지 못했다. 한강 작가는 수년 전, '맨 부커' 상 수상 후 잠재적 후보로 거명되었으나 유력 후보로는 거론되지 않았다. 그러다 불쑥 수상 소식이 전해졌으니 기쁨이 더 했다. 생애 첫 수필집을 낸 시기에 노벨 문학상 수상 작가가 탄생했으니 작가라는 같은 신분에서 뿌듯함과 흐뭇함도 있었다. 글 쓰는 일과 무관한 K가 기뻐하며 인사를 건네는 모습에 얼마 전 그가 보여준 행동이 떠올라 웃음을 짓는다.

수필집 원고를 출판사에 넘긴 후 책이 나오면 전해 드릴 분들의 목록을 작성하였다. 제일 먼저 가족과 집안 친인척, 함께 공부하고 있는 수필 반, 문학회 동인, 소속 문인협회 회원과 초·중·고·대학 동기, 그동안 안부가 궁금했던 지인들의 이름과 주소를 정리하였다.

목욕탕 주인 K는 카센터 S 사장, 꽃집 주인 L과 함께 책 출판에 대해 알고 있었다. 출판사에 보낸 원고를 미리 보여준 적도 있었기에 책이 언제 나오는지 또 출판기념회는 언제 하느냐고 묻기도 했었다. 책을 받은 그 주말, 목욕탕 가는 길에 목욕탕 K, 카센터 S 사장에게 건넬 책을 챙겨 갔다. 먼저 목욕탕 K 사장에게 글감을 준 덕분에 책이 나왔다 하며 건넸다. 책을 받은 그는 마치 큰 선물이나 받은 양 기쁜 표정으로 책을 이리저리 살펴 보다 "책은 그냥 받는 게 아니라 하던데요" 하며 다시 건물 안으로 들어갔다. 잠시 후 나온 그의 손에 목욕탕 쿠폰 다섯 장이 있었다. 귀한 책을 받았으니 자기는 쿠폰이라도 답례하겠다며 건네는 것이었다. 괜찮다는 내 말에는 아랑곳하지 않고 별것도 아니라며 한사코 쥐어 준다. 그런 호의를 끝내 거절할 수도 없어 그럼 고맙게 잘 쓰겠노라 하며 쿠폰을 받았다. 꾸밈없는 그의 마음이 고맙고 흐뭇했다.

책을 선물한 것은 글 소재를 제공해 주었거나, 글감의 소재가 된 인물에 대한 감사의 표시였다. 덕분에 한 편의 글을 쓸 수 있었고, 그런 글들이 모여 한 권의 책이 나올 수 있었음에 대한 고마움의 표시였다. 어떠한 대가를 기대한 일도 없었다. 책을 받은 이들은 대부분 문자나 전화로 축하와 격려의 말을 보내왔다. 또 그것이 일반적이다. 축하금 봉투를 건네거나 송금한 지인도 있었다. 문인 간의 답례 형태는 좀 달랐다. 책 한 권을 내기까지의 과정과 고충을 알고 또 직접 경험했기에 진심 어린 공감과 격려의 글을 보내왔다. 저서가 있는 분은 자신의 책으로 답례했다.

카센터 S 사장도 마찬가지였다. 주차하는 모습에 사업장 2층의 간이 사무실 밖으로 내다보는 그에게 책을 보여주며 "책 나왔어." 하며 소리쳤다. 토끼 눈으로 계단을 급히 내려와 책을 받은 후 "이게 그거예요?" 하며 좋아했다. 주말 아침 목욕을 마친 후, 그의 가게에 들러 커피 한잔을 하곤 했기에 책 출간에 대해 알고 있었다. 출판기념회를 하면 꼭 알려달라고도 했었다. 'S 사장 덕분이다'라는 얘기에 자신이 언급된 글을 찾는 그의 얼굴에 미소가 가득했다. 그러다 "잠시만요." 하며 이 층 사무실에 다녀온 그의 손에 오만 원권 지폐 한 장이 들려 있었다. 아침이라 돈이 이것뿐이고 봉투도 없다며 미안한 표정으로 돈을 건네려 했다. '무슨 돈을! 김 사장에게 돈 받으려 가져온 게 아니니 마음만 받겠다. 그동안 무상으로 차 봐준 일도 많은 데 무슨 돈을 받느냐' 하며 됐다고 했다. 받을 기색이 없자 미안한 표정으로 돈을 거둬들이며 그럼 출판기념회는 언제 하느냐며 물었다. 동인들과 가족이 모여 했다고 하니 아쉬운 표정을 짓는다. 꾸밈 없는 그 모습에 마음이 훈훈했다.

각박한 세상을 살며 저마다의 삶을 꾸려가는 방법은 다양하다. 사업이나 직장 생활을 하는 이들 외 목욕탕 K, 카센터 S, 꽃집 주인 L 모두가 자영업을 하는 이웃이다. 비록 말쑥한 정장 차림에 격조 있는 대화가 아닌 허름한 작업복, 평상복 차림인 그들과의 투박한 대화에서 사람다운 내음과 순박한 정을 느낀다. 단골이 쓴 책을 선물로 받았으니 뭐라도 답례해야겠다는 그들의 생각이 계산적이거나 이해관계를 고려한 것이 아니기에 그들의 말과 행동에 가식이라곤 없다. 출판기념회에 사용할 화환을 주문받아 출판 소식을 알고 있던 꽃집 주인 L 사장은 아무 말 없이 큼직하고 화려한 꽃바구니에 축하의 마음을 리본에 적어 보냈다.

내 일상에서 만나는 이웃들이다. 비록 내 필요에 따라 이용하다 보니 단골이 되었고 그런 인연을 십수 년째 이어가고 있다. 사람 '인' 人자는 사람끼리 서로 기댄 모습이라고 했다. 사람은 본디 혼자 사는 게 아니라 더불어, 함께 사는 것임을 표현한 것이리라. 그렇게 살아가야 함이 맞는 일이다. 책 한 권 출간한 이웃의 기쁨을 내 일처럼 기뻐해 주고 정을 나누는 그들이 내 이웃임이 흐뭇하고 뿌듯한 하루였다.

『수필』

석 숙 희

한마디

자수의 아름다움은 그 안에 담긴 노고와 사랑을 통해 더욱 빛
을 발하며 인생의 진정한 가치와 아름다움을 깨닫게 된다.

약 력

- 《한국수필》(2023) 등단
- 중랑신춘문예 최우수상(2023), 중랑문학신인상 우수상(2021)
- 신내글향기 회원

가마솥의 기억 외 1편

　무거운 가마솥 뚜껑을 살살 연다. 모락모락 올라오는 김과 함께 어머니의 정성과 사랑의 냄새도 올라온다. 입안에서는 벌써 군침이 돈다.
　어머니는 솥에 쌀을 안치기 전에 오늘 하루 열 명이 넘는 가족이 먹을 반찬을 준비한다. 먼저 할아버지가 드실 자반 고등어 반토막과 방금 따온 깻잎에 양념을 하고, 풋고추, 호박, 파를 넣은 된장찜과 부추나 어린 풋고추는 날콩가루를 무치고, 가지나 호박잎, 양배추도 찔 준비를 한다.　밥이 끓기 시작하면서 김이 오르고 눈물이 새어 나오면 미리 준비해 둔 것들을 하나씩 솥에 넣고 뜸을 들인다. 반찬이 다 쪄지면 반찬 냄새들이 솔솔 새어 나와 식구들의 식욕을 돋운다. 또 자반이나 꽁치 등 생선은 석쇠에 올려 장작불에다 구워 온 가족이 한 수저씩 나누어 정답게 먹던 일이 생각난다.
　그 옛날 영덕지방의 부자가 허구한 날 자반 껍질로 쌈을 싸서 먹다가 살림이 거덜났다는 이야기와, 안동으로 갓 시집온 새색시가 장작불에 고등어를 굽다가 자글자글 익어가는 눈알 한 개를 몰래 빼먹다가 어른들 반찬에 먼저 손을 댔다는 이유로 친정으로 쫓겨났다는 이야기는 어릴 때에 귀에 딱지가 앉을 정도로 들어 각인되어 있다.
　부엌에는 반질반질 윤이 나는 가마솥 2개가 어깨를 나란히 하고 자리 잡고 있었다. 이 2개의 솥으로 모든 요리가 가능했다. 국은 주로 밭에서 나오는 나물[야채]에 날콩가루를 무쳐서 소금간만 하고 끓인다. 이렇게 끓인 국은 담백하면서 구수하고 영양 만점으로 어머니의 지혜를 엿볼 수 있다. 어릴 적부터 먹어 인이 박혔는지 나도 따라 지금까지도 이 방법으로 끓인다.

더운 여름날에는 국을 끓이기가 번거로우면 찐 부추나 가지, 싱싱한 오이로 냉국을 만들어 먹었다. 점심에는 아침에 쩌 둔 된장과 호박잎, 양배추잎으로 쌈을 싸서 먹기도 했다. 또 텃밭에서 싱싱한 풋고추를 따서 우적우적 먹다 보면 무더운 여름날도 그럭저럭 저만큼 지나갔다. 특히 꽈리고추 콩가루찜은 우리 가족뿐만 아니라 친척들도 좋아하여 명절 때나 제사, 생신 때 등 사시사철 빼놓지 않고 하는 단골 메뉴이다.

나무를 때서 밥을 하는 것은 아무나 잘할 수는 없다. 초등학교 5학년 때쯤인가, 늦가을 어둑어둑할 때까지 김장거리를 뽑으러 가신 어른들이 돌아오지 않아 조바심을 내다가 내가 겁도 없이 밥을 했는데 다 태워서 먹을 밥이 없었다. 또 신혼 시절 꽁보리밥을 할 때도 신경을 썼지만 3층 밥을 하여 난감했던 적도 있었다. 이렇듯 가마솥 밥은 물과 불 조절이 예나 지금이나 어려워서 아무나 하기 어렵다.

여름방학이 되면 외지에 나가 사는 친척들이 방학을 한 자녀들을 데리고 다니러 온다. 그러면 어머니는 얼른 밭 가장자리에 심어 놓은 옥수수와 이미 수확해 놓은 감자를 먹고, 싸주기 위해 가마솥 가득 삶았다. 도시에서 소량으로 사 먹던 것에 익숙한 친척들이 가득한 옥수수와 감자를 보고 놀라 '이것은 내 것'이라고 장난으로 침을 바르던 아이들의 모습이 아직까지 눈에 선하다. 이렇듯 시골 인심은 가마솥처럼 넉넉했고, 많은 양을 한꺼번에 삶을 수 있었다.

1950년대에 우리나라 농촌은 나무로만 취사와 난방이 가능했다. 남자들은 쉼 없이 나무를 해 와야만 했다. 이렇게 가마솥을 이용하는 취사 방식은 한꺼번에 많은 양을 할 수 있으니 나무와 시간을 절약할 수 있다. 가마솥 하나만으로 여러 가지 음식을 만드는 모습에서 조상들의 지혜를 엿볼 수 있지만, 그 속에는 가족을 위한 가득한 정성 그 이상의 의미를 담고 있어 나에게는 소중한 추억으로 남아 있다. 적절한 불 조절을 위해 연기와 불티로 연신 눈물을 흘리고, 또 뜨거운 김에 얼굴이 달아올랐지만 그런 것쯤은 아랑곳하지 않았다.

오늘날은 더 이상 나무를 해오고 불을 지피는 고생을 하지 않아도 손쉽게 계절에 구애됨이 없이 다양한 음식을 접할 수 있는 시대에 살고 있다. 하지만 잃어버린 것도 많다. 예전처럼 부엌에서의 따스한 풍경, 정성 어린 손길, 밥 짓는 동안 나누었던 대화 등은 점점 사라지고 있다는 것이 아쉬운 점이다.

요즈음은 기술의 발전으로 전기밥솥이 버튼 몇 번으로 그 역할을 대신하고 있다. 불을 때서 하는 고슬고슬한 가마솥 밥의 맛을 어떤 전기 밥솥도 맛을 내지 못한다. 또한 가정에서는 대량으로 하지 못하며, 밥하는 중간에 솥뚜껑을 열 수 없고 반찬을 여러 가지 찔 수도 없다. 하지만 이런 편리함 속에서도 나는 때때로 가마솥에서 피어오르던 김과 뚜껑을 타고 흐르는 눈물, 불길이 춤을 추며 타는 소리, 솥에서 보글보글 끓어오르는 소리, 그리고 어머니의 정성이 담긴 반찬의 맛 등 과거의 따뜻한 기억이 그립다. 가마솥의 온기와 함께 가족의 정도 깊었던 그 시절 밥을 짓던 어머니의 정성스러운 손길은 가족을 향한 의무가 아니라 깊은 사랑의 표현이었음을 커서야 알게 되었다.

잠자기 전 손에 핸드크림을 듬뿍 바르면서 거칠었던 어머니의 손을 떠올릴 때가 많다. 어머니가 사셨던 그 시절에는 장갑이나 핸드크림도 없던 시절이었으니 손이 얼마나 험했을까? 까슬까슬한 손으로 "내 손은 약손"이라며 배앓이를 하는 셋째 딸의 배를 밤늦도록 쓰다듬어 주시던 어머니의 손길이 무척이나 그리운 날이다.

궁중의 빛나는 혼례복

　조선시대 왕비나 공주가 가례[혼례] 때 입는 궁중의 대례복을 활옷이라 한다. 붉은색 비단 위에 앞면은 아랫부분만 좌우 대칭으로, 뒷면은 전면을 수(繡)를 놓았다. 궁중 화원에 의해 그려진 치밀한 도안에 따라 한 땀한 땀 수 놓은 활옷은 궁중복식의 화려함과 궁(宮) 수의 진면목(眞面目)을 보여준다. 자수를 시작한 지 얼마 지나지 않아 활옷을 보는 순간 화려함과 아름다움에 취해 무모하게 도전하여 5년여 만에 겨우 다 수(繡)를 놓았다.

　활옷은 십장색과 길상무늬를 총집합해서 수를 놓았다. 앞면은 바위와 물결 위에 불로초, 활짝 핀 모란과 봉황을 놓았다. 모란처럼 부귀하고 봉황처럼 상서롭게 부부 생활을 영위하라고 축원하는 의미이다. 뒷면에 놓은 꽃은 자손의 번창을 뜻하는 연꽃과 모란인데, 마치 온갖 꽃이 고고하게 핀 것처럼 눈이 부시도록 아름답다. 꽃잎 사이사이에서 날고 있는 학, 원앙, 공작, 나비들은 꽃잎에 파묻혀 제 빛을 충분히 내지 못하고 있지만 그 자태는 빛나고 있다. 소매에도 홍색과 흰색 비단에 연꽃, 모란 서조 등을 좌우대칭으로 수를 놓았다.

　활옷의 붉은색 바탕은 만물을 무성하게 하는 길상 색이며, 소매에 두른 청색 홍색 노랑의 삼색 색동천도 모든 백성[蒼生]과 광명(光明)을 표현한다. 좌, 우로 균형이 잡혀 잘 어울리는 문양 배열은 도식화(圖式化)되어 있으나, 시각을 자극하는 원색은 현란한 화성(和聲)을 자아내고 있다.

혼례복 중 활옷과 함께 중요한 것은 화관과 댕기이다. 화관(花冠)은 대궐에서 의례(儀禮) 때나 경사가 있을 때 대례복을 입고 머리를 장식하는 관(冠)이다. 검정 비단에 금사로 문양을 징그고 진주를 비롯하여 옥, 호박, 산호, 비취, 석웅황 등 여러 가지 보석과 떨잠과 비녀를 달아 고급스럽게 꾸몄다.

앞 댕기는 폭 7cm 길이 120cm의 검은색과 홍색의 이중 숙고사에 봉황, 용, 모란, 박쥐 등의 문양으로 금박을 중앙과 양쪽 끝에 찍고 작은 진주와 산호를 달았다.

도투락 댕기[뒷댕기]도 앞 댕기와 같은 천에, 같은 문양으로 전체를 찍었다. 길이는 115cm, 폭은 22cm, 중앙에서 아래로 내려오면서 일정한 간격으로 석웅황이나 옥판 등 보석을 달았다. 대대는 붉은색 공단에 심을 넣어 폭 7cm, 길이 390cm로 길상 금박 무늬를 찍는다.

운혜[꽃신]도 불로초, 구름, 물결을 수놓았다.

단령[관복]은 조선시대 문, 무관, 당상, 하관이 착용했던 옷으로, 나중에는 민간에까지 확대되면서 남성들의 혼례복으로 사용되어 일반 양반가(家)에서도 사용하였다. 가슴에 단 흉배(胸背)는 계급장이다. 문관, 당상관의 관복에 부착하는 학 흉배는 학 두 마리를 중심으로, 아래는 바위, 물결, 물거품, 불로초, 옆과 위에는 구름으로 수를 꽉 채웠다. 무관, 당하관의 옷에는 호랑이 두 마리를 중심으로 학 흉배와 같은 문양으로 수를 놓았으니 화려함과 품위가 흠뻑 들어 있다.

활옷을 입을 때는 먼저 스란치마를 입고 그 위에 대란치마를 입는다. 남색 스란치마는 금박무늬[꽃 문양]를 찍은 스란단을 한단 찍은 것이고, 홍색 대란치마는 금박을 두 단 찍은 것이다. 위에는 삼회장 저고리를 입고 그 위에 활옷을 입는다. 대대는 앞 가슴께에 대대의 중앙이 오도록 대고 양쪽으로 돌려 뒤에서 묶어 늘어 내린다. 머리에는 화관을 쓰고 용잠

(龍簪)을 꽂는다. 앞 댕기는 용잠에 한번 감아 양쪽 앞쪽으로 내린다. 도투락 댕기는 화관에 맞추어 고정시키고 머리 뒤로 늘어 내린다. 단령을 입을 때는 허리에는 각대를, 머리에는 사모를 쓰고, 목화(木靴)를 신는다. 원삼을 입을 때는 화관이 아닌 족두리를 쓴다.

왕비는 의례의 성격에 따라 적의(赤衣)를 비롯하여 원삼, 당의를 입는다. 왕비 최고의 예복인 적의를 입는 왕비가 오덕을 갖춘 후덕한 여성이 되길 기원하기 때문이다. 이처럼 왕비 옷의 색상과 문양은 화려함을 넘어서 여성 최고 권력자의 존엄성을 표현하고 있다.

전통 기법에 따라 수 놓은 활옷은 워낙에 화려하고 아름다워 지금까지도 그 예술성과 작품성을 인정받고 있다. 영국의 빅토리아 앨버트 박물관, 미국의 필드 박물관, 클리블랜드 미술관, 로스앤젤레스 카운티 미술관 등에서 소장하고 있다. 조선 후기에 와서는 왕실의 전유물이었던 자수품이 민간에까지 확대되면서 혼례복도 사용하게 되었다. 요즈음은 주로 전통 혼례나 폐백드릴 때 신랑 신부가 입는 예복이 되었다.

전통공예는 우리 조상들의 삶의 지혜와 섬세한 손 맵시가 스며 있는 공예 기술이다. 오늘을 살아가는 우리 삶의 기반이자, 오랜 세월 우리 민족의 삶과 함께하면서 생활의 멋과 지혜와 슬기가 배어 있고, 우리 역사와 문화를 지탱하고 있는 소중한 문화유산이자, 노고와 인내의 결실을 보여 주는 상징이다.

나는 수를 놓으면서 꽃으로, 풀로, 나무뿌리로, 열매, 말린 선인장 벌레로 염색을 했다. 염색을 하는 것도, 그 실로 수를 놓고 꾸며[바느질] 완성하는 것도, 특히 화관을 만드는 것 등은 수많은 시행착오를 거쳐야만 아름다운 작품으로 완성된다. 하지만, 눈으로 보며, 마음으로 느끼며 생각하고, 손으로 염색하고 수를 놓는 동안은 꿈이 있었고 열정이 솟아올라 시간 가는 줄 몰랐다. 한없이 달리기만 하다가 신체적·경제적 어려움이 다가와 언뜻 생각해 보니 15년 넘게 수를 놓았다. 아름다움의 극치를 표현할 때 '수를 놓은 듯하다'고 흔히 표현을 한다.

오랜 시간을 들여 완성된 많은 자수 작품들을 바라보는 순간은 마음이 평온하고 뿌듯함과 성취감으로 가득 찬다. 가는 실 한 올로 아름다운 작품을 창조하는데 들어가는 노력의 가치와 땀의 의미를 느끼면서 그것이 단순히 작품으로서만이 아니라 나의 마음과 정성이 녹아 있는 것을 온몸으로 느끼게 된다.

피나는 노력과 희생의 산물인 반려(伴侶) 자수 작품들은 과거와 현재 그리고 미래를 이어주는 유산(遺産)이자 우리집 만의 가보(家寶)가 되었다. 이 모든 것을 생각하면서 감상하는 것은 마치 시간을 넘어서는 여행에 빠진 듯한 기분을 준다. 자수의 아름다움은 그 안에 담긴 노고와 사랑을 통해 더욱 빛을 발하며, 그 순간의 감회는 인생의 진정한 가치와 아름다움을 깨닫게 된다.

『수필』

김 영 래

한마디

수필이 완성되어 가면 저만큼 고향 집이 보일 때처럼 기쁘다.
글쓰기는 나를 성장 시키려는 다짐이며 살아온 모든 날에 대한
감사함을 하나씩 깨달아 가는 길이다.

약 력

- 《한국수필》 등단(2024)
- 한국수필 신인 작가상(2024)
- 한국수필가협회, 한국수필작가회 회원, 참좋은문학회 총무

보금자리 수난기 외1편

 등 떠밀려 '전원연립'에서 자치 위원장을 하던 때다. 외벽이 시멘트 벽돌인 오래된 연립주택이었다. 여름에는 덥고 겨울에는 단열이 되지 않았다. 주민 건의와 총회를 거쳐 스티로폼 단열 공사를 마쳤고 주민들도 기뻐했다. 사정이 있어 집을 전세 놓고 이사를 하게 되었는데 주민들은 언젠가 다시 올 것이고, 가까이 있으니 자치 위원장을 그대로 맡아주기를 원했다.

 그러던 1995년 어느 날이었다. 본사가 의정부에 있는 S 종합건설 전무가 근무 중인 육사 사무실로 전화했다. 중랑구 묵동 지역 재건축사업을 추진 중인데 협조를 부탁한다는 면담 제안이었다. 며칠 뒤 만난 그는 초면인 내게 선뜻 상당한 커미션을 제안했다. 재건축 관련 비리가 자주 뉴스가 되던 때다. 다음 날 위원장직을 사퇴했다. 재건축 절차는 인접한 '수정연립'과 함께 진행되었고, 조합장은 '수정연립' 김 모 씨가 맡았다고 들었다.

 '전원연립'은 2층 건물 일곱 개 동으로 단지가 분리되어 있었다. 16평형 쪽은 찬성했지만 21평형은 당시 시세 차액에 의한 공사부담금 차등 문제에서 합의점을 찾지 못했다. 공사는 21평형 주민이 반대하면 불가능했다. 그러던 차에 주민 한 분이 협상하겠다며 자진해서 대표를 맡았다. 협상력을 높이려면 전체 마음을 모아야 하고, 그 방법이 위임장과 등기권리증 등 법적 서류가 필요하다고 했다. 달리 나서는 사람이 없으니, 호언

장담을 믿을 수밖에 없었고 요구대로 해 주었다.

협상이 차일피일 지체되고 있던 다음 해 3월, 설마 했던 S 아파트 재건축 공사는 21평형 주민 동의 없이 '전원연립' 16평형 단지와 '수정연립'을 대상으로 착공되었다. 설상가상 조합장 김 모 씨는 공사 관련 소송이 진행 중이던 어느 날 갑자기 사망했다. 21평형 등기 권리증서를 위임받아 협상을 자청했던 분은 과정 설명이 한 번도 없었다. 협상은 했는지 그조차 알 수 없었다. 그런 어느 날 이분마저 갑자기 사망했다.

사는 동안 일어나는 사건은 미리 그렇게 되도록 정해져 있고, 우리의 노력으로는 바꿀 수 없다고 하는, 운명론적 이론으로 치부할 수 없는 인재(人災)가 분명했다. 관련 책임자 두 분의 사망으로 보상을 위한 협상이나 공사 중지를 요구하는 등 법적 핵심 당사자가 사라지고 말았다. 21평형 주민의 재산상 피해는 불 보듯 뻔했다.

건물 뒤편으로 도로를 접하는 지금 S 아파트 자리였던 '전원연립' 16평형과 21평형은 골목길 사이로 분리되어 있었고 상당한 시세 차액이 있었다. S 건설은 위치에 따른 유불리 내용을 진솔하게 설명하지 않았다. 이해를 구하기보다 처음부터 입지 조건만을 내세워 동일 부담금을 고집했다. 21평 단지를 제외하는 것이 공사 진행에 유리하기에 의도된 계략으로 보였다.

가난은 자식들을 일찍 철들게 한다지만 일부러 그럴 부모는 없다. 단칸방에서 어려움을 겪으며 자란 아들과 딸의 성장에 따라 방 두 개로는 생활이 어려웠다. 무리한 결단으로 마련한 생애 첫 보금자리였다. 덩그러니 남은 16세대는 망연자실, 속수무책으로 현장을 지켜볼 수밖에 없었다. 협상 대표를 자원한 그분이 회사 측과 모종의 결탁을 하지 않고는 이 지경이 될 수 없었다. 장성한 아들과 가족이 있어 장례식장에서라도 어떤 설명을 기대했지만 언급 자체가 없었다.

그렇게 1998년 10월 S 아파트는 준공되었고, 두 달 뒤 나는 다시 내 집으로 들어왔다. 입주가 끝난 바로 앞 아파트를 마냥 바라보며 살아야 했다. 주민들은 예전 자치 위원장을 했던 내게 어떻게든 방법을 찾아달라고 부탁했다. 2002년 3월 일단 재건축조합을 발기(發起)했다. 주변 개인 주택과 합동 재건축 추진 협의도 했지만 성사되지 않았다. 몇몇 건설사에 부탁한 견적도 재건축하기에는 대상 면적이 작아 이마저 거절당했다. 수소문 끝에 건축업 면허가 있는 초등학교 친구에게 검토를 부탁했다. 기초설계 결과 그 친구 역시 어렵겠다고 했다.

나는 절박했다. 무리한 부탁인 줄 알면서도 매달리듯 간청했다. 마지못한 친구 배려로 2003년 6월 정식 조합을 결성하고 3개월 뒤 철거에 들어갔다. 철거를 시작하자마자 이번에는 바로 옆 주민들이 집단 민원을 제기했다. 돈을 받아내기 위해 몇 사람이 선동한 것이다. 전체 주민 회의를 통해 시공사와 함께 일정의 보상비를 주기로 했다. 조합원 부담이 늘어났지만, 철거공사는 완료되고 2003년 11월 착공할 수 있었다.

좋지 않은 일은 예고가 없다. 마침, 우후죽순 아파트 분양으로 주택경기 전반이 침체하였다. 기존 16세대를 제외한 나머지 분양으로 마련하려던 공사비를 친구는 자기 집을 담보로 대출을 받아야 하는 지경이 되었다. 후회막급은 그의 가족도 마찬가지였을 것이다. 친구는 손실을 최소화하고자 두 가지 설계변경을 요구했다. 현관 출입문 바닥재를 대리석에서 타일로, 신발장에 잇대어 설치 예정이던 마루 가림 문을 생략하는 방안이었다. 절박한 처지를 주민에게 설명해야 했지만, 그간 더는 추가 부담도 설계변경도 없다는 점을 분명히 밝힌 나로서는 다시 문제를 만들 수 없었다. 가능하다면 손실금을 대신 부담하더라도 공사를 빨리 끝내고 이 일에서 손을 떼고 싶었다.

2004년 2월에는 철근, 레미콘, 모래 등 건설자재 가격이 폭등했다. 공사가 중단되기도 했다. 부담금 증가와 민원 발생으로 재건축 과정 전반에 대한 경찰 조사를 받기도 했다. 일이 생길 때마다 나서야 했다. 과정이 투명했다는 조합원들의 진술로 별일 없이 종결되었다. 하루에도 몇 번씩 현장에 나와보며 제대로 완공이 되어 입주하는 날이 오기는 할지 마음조이지 않을 수 없었다.

덩그러니 남아 있던 '전원연립' 16세대는 2005년 5월 '태창네스트빌' 아파트 33세대로 거듭났다. 입주 허가에 필요한 소방안전교육을 받아 방화 관리자가 되고 엘리베이터 관리자 자격도 땄다. 오기와 패기가 필요했다. 아픔은 그만큼 삶에 에너지로 남아 있을 것이다. 경제적 손실이 얼마인지 친구에게 묻지 못했다. 내외를 초청해 육사 성당에서 감사미사를 드렸다. 당시 주민과 반갑게 인사를 나눌 수 있어 감사하다. "인간은 최악의 상태에서도 희망을 잃어서는 안 된다. 나쁜 일도 좋은 일과 연결될 수 있다는 것을 믿지 않으면 안 된다." 이보다 값진 보금자리는 생애 다시없을 것이다.

프린트 카페에서

　순간, 무척 당황했다. 두 개의 안내 번호로 전화했지만 받지 않았다. 그 자리에 있던 이들에게 도움을 청하듯 큰 소리로 묻고 있었다. 어떻게 해야 하느냐고. 마치 군중 앞에 내 죄를 자백하듯…. 지하철 안내 창구에 문의할까? 112에 신고해야 하지 않나? 호흡을 가다듬고 일단 휴대전화로 문자를 보냈다.

　— 사장님! 조금 전에 전화드렸던 김영래입니다. 태릉입구역 프린트 카페 가운데 기기에서 이전 사용자가 카드를 꽂아두고 그냥 간 것을 미처 보지 못해 제 인쇄물이 프린트되고 말았습니다. 경위와 제 연락처를 적은 메모를 그분 카드와 함께 분실함에 넣어 두었습니다. 두고 가신 분이 확인되면 제게 전화해 주십시오. 잘못 결제된 금액을 돌려드리겠습니다. 확인되는 대로 연락 부탁드립니다. —

　아들은 매년 사진전에 입상한 풍경 사진 달력을 가져왔었다. 작년 연말 빈손은 아니었지만 달력은 없었다. 사정이 있나 싶어 대안을 찾아야 했다.

　산행하는 동안 담아 온 풍경 사진이 제법 많다. 공모전 입상작과 별 차이가 없어 보이는 것은 '제 눈에 안경' 탓일 것이다. 아무튼 달력을 만들겠다는 용기의 출처는 '참좋은양평문학관'이다. 선생님께서 매년 만드신다는 가족사진 달력이 정겹고 의미 있어 보였다. 마음에 담아 두었던 계획을 실행할 기회를 잡은 것이다.

가족 여행 사진으로 하고 싶었지만, 열두 장을 선정하기에는 시간이 빠
듯했다. 작은 사진 여러 장으로 아기자기 꾸미는 건 편집이 부담되었다.
당장 내일 아침에 걸어야 해서 풍경 사진으로 정했다. 달력 아랫면은 받
아둔 성당 달력으로 대신하기 위해 따로 사진을 찍었다. 자료를 저장한
USB를 들고 집을 나섰다.

프린트 카페는 2022년 7월에 3호선 불광역을 시작으로 2호선, 4호선 5
호선 순차적으로 각 한곳씩 전국에 120개 점포가 있고 24시간 운영한다.
집에 프린터가 없어 불편할 때도 있지만, 5분 거리 태릉입구역은 접근이
편리해 단골이 되었다.

회원 가입 없이 바로 매장 내 컴퓨터를 이용한다. USB 등으로 원하는
파일을 내려받아 복사, 인쇄, 스캔, 팩스까지 가능하다. 많이 이용하는 복
사는 용지 규격과 매수, 컬러와 흑백을 선택한다. 비밀번호를 임의 설정
하고 옆에 설치된 복사기에서 카드로 결제하면 인쇄가 시작된다.

환승역인 태릉입구역은 서울여대와 삼육대 학생 이용자가 많아 세 대
기기 모두를 쓰고 있는 경우가 많다. 카페에는 직원이 없어 키오스크처럼
직접 해야 한다. 줄을 서 기다리는데도 문서 편집이나 검색을 계속하는
이가 있다. 말 그대로 '프린트 카페'다. 사정이 있겠지만, 급한 대기자에게
무관심한 태도를 보면 지적하고 싶을 때가 있다. 인접 먹골역은 늘 한산
한 편이어서 기기 수량 조절을 건의하고 싶기도 하다.

요금을 두 번 낸 적도 있다. 작년 10월 운전면허증 갱신에 준비물이 필
요했다. 설정하고 결제까지 마쳤는데 복사 용지가 없다고 뜬다. 사실 키
오스크는 비교적 단순한 편이지만 프린트 카페는 이용할 때마다 긴장한
다. 평소 잠금장치가 있던 용지함이 그냥 열렸다. 벽 쪽에 쌓아 둔 박스를

뜯어 복사지를 넣고 닫았다. 그 시각이 그리 길지 않았다. 용지를 넣으면 당연히 바로 출력이 되는 것으로 알았다. 그런데 결제를 다시 하라고 뜬다. 이전 작업을 취소하면 설정과 결제를 새로 해야 했다. 애써 복사 용지도 손수 넣었는데 복사비를 다시 내라니….

그날도 고객 상담 일반전화와 휴대전화 두 곳 모두 전화를 받지 않았다. 혼자 열을 한껏 끌어 올려도 내 인성만 멍든다는 것은 삶의 체험이다. 그 지난밤 꿈도 떠올랐다. 분명하진 않지만 좋은 꿈은 아니었다. 점잖게 문자를 보냈다.

— 조금 전에 전화했던 태릉입구역 사용자입니다. 결제 완료 후 복사 용지가 없어 새 복사지를 꺼내 넣었는데 다시 결제하라네요. 이런 경우가 저뿐 아닐 듯해서 연락드렸습니다. 다른 기기로 이동하면 설정 내용이 사라질 것 같아 그 기기에서 결제를 다시 하고 복사 완료했는데 환불을 요구합니다. —

달랑 840원이었다. 그래서 감감소식이었을까. 얼마 지나지 않아 정신 건강에 도움이 되는 포기를 택했다. 대신 프린트 카페를 지날 때 매장 사장의 마음을 짐작해 본다. 그도 나처럼 마음이 개운할까.

남의 돈으로 달력을 만든 그날, 카드를 두고 간 듯 보이는 분이 매장을 나가는 것을 봤다. 그분이 바로 되돌아올 수도 있지 않을까. 짧은 순간 카드와 메모지를 누구나 볼 수 있는 매장 안 '탁자 위에 둘까.' 하다가 또 다른 문제를 만들 수도 있겠다 싶어 일단 분실물 함에 넣었다. 문제는 그 안에서 종결시켜야지 더 만들지 않아야 한다. 사장이 전화를 받지 않아 실시간 상황을 문자로 남겼다. 112에 신고할까 하다 그만두었는데 매장 안에는 감시카메라도 있다.

할 일을 다 했다는 생각에 불안에서 다소 벗어났다. 과정도 썩 괜찮은 것 같아 내 머리를 서너 번 다독여주고 싶었지만, 진정한 해방은 진 빚을 빨리 갚는 것이었다.

작년 12월 31일 그날이 저물고 새해가 되고 다시 며칠이 지났지만, 여태까지 나는 애가 타는데 감감소식이다. 카드를 두고 간 분은 분실 신고를 했을 텐데 내가 잘못 결제한 금액을 본인이 쓴 것으로 착각했을까. '피해가 그만하기 다행'이라는 내가 했을 법한 같은 마음일까. 분실 사실을 모르진 않을 텐데. 별별 기우가 줄을 선다.

모든 일은 연결되어 있다는 사실을 다시 깨닫는다. 내가 840원을 잃었을 때는 '사장님 마음이 나처럼 편할까?' 했다. 11,940원을 빚지고 난 뒤 역전당한 기분이다. 빚진 돈보다 더 많이 잃고 싶다. 마음의 평화를 찾고 싶은 가슴앓이(?)는 혼자뿐일까. 시나브로 일상의 편안함을 되찾아가고 있지만, 프린트 카페를 지날 때면 최진희 노래가 떠오른다. "못 잊어, 이렇게 찾아 헤매도 그 사람 소식 몰라. 나 항상 너를 생각하지만, 네 모습 보이지 않네."

『콩트』

서 석 용

한마디

최근 인공지능이 놀랍도록 달라졌다.
프로그래밍도 해주고, 작곡도 해주고, 심지어 시를 써준다.
장차 창작의 범위를 어찌 정해야 할지 난감하다.

약 력

• 중랑신춘문예 소설 입상(2020)

인공지능이 글 쓰다

인공지능을 불러 글을 써 보라 했다. 내가 잘 모르는 분야인 시를 지어 보라 일렀다. '시간'이라는 주제를 알려주고 150자보다 짧은 시로 제한했다. 거의 순간에 답이 왔다.

시간

네 손에 깃든 시간은
한때 청춘을 휘감던 불길
뜨겁고 빛났건만,

세월이 덧칠한 손등엔
흐린 자국만 남았네.

찾으려 해도
되돌릴 수 없는 저편,
돌아보니 이미 저문 자국뿐

그래도 마음 한 켠에선
한 점 온기를 더듬어,

아직도 타오르는 그날의 잔상

이 시가 어느 수준인지는 전혀 모른다. 하지만 마음에 닿는 무언가가 있다. 이런 시를 순간에 짓다니 놀라야 할지 말아야 하는지 분간하기 어려웠다. 인공지능은 학습을 거듭함에 따라 능력이 제고된다고 알고 있다. 말하자면 이런 따위의 시를 수만 편 정도 이미 알고 있다고 보아야 한다. 그런 데이터에서 적당한 단어를 골라 시를 엮었다고 보아야 하지 않을까?

내가 인공지능과 사귄 일은 미녀들 사진으로 시작했다. 인공지능이 인물을 그리게 만들려면 명령어를 넣어주어야 했다. 쉽지 않은 일이었다. 까딱 잘못하면 마귀가 그려져 나오기도 했다. 그런 모든 명령어를 내가 다 만들기는 어려웠다. 주로 타인이 이미 사용한 명령어를 수정해서 내가 원하는 인물을 그리라고 시켰다. 꽤 여러 번의 실패 끝에 원하는 작품들이 쏟아지기 시작했다. 명령어를 조금씩 바꾸기만 하면 비슷하면서 별다른 인물을 잘도 그려주었다.

가끔 SNS에 영상을 올릴 때 그 미녀들이 내 글을 읽어주도록 만들었다. 사진과 지문을 제공하면 사진에 있는 미녀가 지문을 우리말로 읽어주었다. 물론 인공지능이 하는 일이었다. 참 재미있는 일은, 입을 다문 사진을 제공했는데도 없던 이빨을 새로 만들어주었고, 생글거리며 내가 제공한 지문을 읽어 내려갔다. 가끔 고개를 까딱이기도 했다. 발음은 인공지능이 제공하기도 하고, 때로는 다른 어투, 예를 들면 조수빈 님 억양인 발음을 내가 명령하기도 했다.

인공지능과 사귄 다른 이야기를 한다. 둥둥 뜨는 물질에 대한 단편을 쓴 적이 있었다. 즉 반중력에 관한 이야기였다. 어떤 물질이 저절로 둥둥 뜬다면 무기가 될 가능성이 있었다. 즉 혼자 하늘로 치솟는 미사일을 연상할 수 있었다. 주제는 꽤 재미있으나 구성이 좀 어려웠다. 뚜렷한 주제가 불명확했다. 즉, 물질을 연구하고 개발하는 이야기로 꾸밀지, 아예 신형 미사일 만드는 데 주력할지 분간이 쉽지 않았다. 혹시 이야기가 무기 쪽으로 빠지면 협박과 회유도 빠지지 않아 틀림없는 미인계가 등장할 터이고, 죽고 사는 복잡성이 생길 우려가 있었다. 그렇더라도 일단 어설픈 단편을 썼었다.

그때는 아직 인공지능이 덜 발달해 내가 쓴 글을 '붙임'으로 입력할 수 없었다. 그래서 줄거리에 번호를 넣어가며 30개의 문장을 만들었다. 일종의 시놉시스를 만든 셈이었다. 그래서 그런 줄거리를 참고해서 새로운 단편을 쓰려면 그 줄거리를 어찌 수정할지를 질문해 보았었다.

물론 너무 방대한 질문일지 모르나 답은 정말 의외였다. 횡설수설이었다. 차라리 내가 제시한 시놉시스를 조금만 수정해 주어도 고맙다는 인사를 할 터이었는데, 횡설수설로 끝나고 말았다. 그 이후 인공지능과 정말 멀어졌다. 누가 인공지능을 잘 활용해 좋은 답을 얻었다고 하면 나는 속으로 웃었다. 마침 친구 가운데 고려대학교 교수로 정년을 마친 이가 있었는데, 그는 그야말로 인공지능을 무시하기로 유명한 인사다. 아직도 그는 인공지능이라는 용어를 쓰지 않고 인조지능이라 부르고 있다. 인조지능이란 녀석은 여기저기서 글을 긁어모아 짜깁기하는 기능만 가지고 있다는 주장을 굽히지 않고 있다. 쓰레기를 모아 쓰레기더미를 만든다면서 험담을 그치지 않고 있다.

하지만 최근 인공지능이 많이 달라졌다. 우선 내가 작성한 문서를 '붙임'으로 입력해 그 내용을 인공지능이 읽어보게 할 수 있다. 그런 다음에 그 문서를 어찌 수정할지를 질문하면 참 용하게도 재미있는 답을 해주기도 한다.

예를 들면, 내가 쓴 다른 콩트가 있다. 그 콩트를 좀 더 세련된 작품으로 만들 수 있는지를 물어볼 참이었다. 그러려면 그 작품을 '붙임'으로 입력해야 했다. 말하자면 인공지능이 바로 그 콩트 전체를 읽을 수 있도록 배려한 셈이었다. 내가 쓴 콩트를 다 읽어본 인공지능의 답변은 매우 유효했다. 정곡을 잘 찔렀다. 붙임 콩트를 참조해서, 수필형식이지만 아예 새로 써주었다. 아래와 같다.

외톨이
누가?

우리 집 근처 재래시장, 가끔 장을 보러 간다.

그날도 시장을 나서려는데, 골목 한쪽에 서 있는 한 인물이 눈에 들어왔다. 사람 많은 시장에서 유독 그가 눈에 밟혔다. 이상하게도.

어깨를 움츠린 채 한 자리에서 꼼짝하지도 않는 그 남자, 낡고 해진 외투, 헝클어진 머리, 퀭한 눈, 멀리 초점을 맞춘 듯한 시선이 어딘가 불안했다.

'뭘 기다리는 걸까?'

누군가를 기다리는 걸까, 아니면 어떤 일을 앞에 두고 있는 걸까.

나는 문득 호기심이 일었다.

괜히 이런저런 상상이 들었다.

혹시 집을 나간 가족을 기다리는 걸까?

아내? 딸? 아니면 밀린 급료를 받으러 온 걸까?

그가 손을 꽉 쥐었다가 펴는 모습을 보니 뭔가 결심한 듯했다.

그때였다.

한 청년이 골목을 걸어왔다. 어딘가 결연한 눈빛, 다부진 몸, 그 남자가 살짝 몸을 틀었다. 그와 마주 보려는 듯했다.

나는 긴장했다. 혹시 싸움이라도 벌어지는 건가?

숨을 죽이고 지켜봤다. 그런데… 청년은 그를 지나쳐 시장 안쪽으로 사라졌다.

'아닌가? 저 사람, 정말 뭘 하는 거지?'

나는 더 가까이 다가갔다.

그때, 그가 나에게 눈길을 주었다.

"김수영 씨… 아니오?"

그가 천천히 나를 쳐다봤다.

"오, 서형? 오랜만이오."

"정말 반갑소! 그런데… 왜 여기 이렇게 서 있소?"

그는 쓸쓸하게 웃었다.

"서형, 시간이 약이라는 말 알고 있소?"

"그럼, 시간이 해결 못 할 게 있겠소?"

"아니, 내겐 시간이 독이었소."

나는 순간 말문이 막혔다.

그가 길 건너 채소 가게를 가리켰다.

"저 아주머니가 배추 다듬고 나면 나오는 시래기, 그거 얻어 가려고 기다리는 중이오."

나는 할 말을 잃었다.

"…가자, 한잔하면서 이야기나 하세."

그가 쓸쓸하게 웃었다.

"그럴까."

나는 그를 데리고 시장 안쪽 국밥집으로 들어섰다. 좁은 공간에선 사람들의 대화 소리, 숟가락 부딪히는 소리, 김이 모락모락 올라오는 국밥 냄새가 가득했다.

"이곳은 처음이지?"

"응, 오래 시장을 들락거렸지만 이런 곳엔 들어와 본 적이 없네."

자리에 앉자마자 주인아주머니가 다가왔다.

"국밥 두 그릇, 따뜻한 거요."

그는 조용히 고개를 끄덕였다.

"요즘 어떻게 지내나?"

"…어떻게든 버티고 있지."

"일은?"

"일? 허, 그런 거 없다."

그가 쓸쓸하게 웃었다. 예전의 김수영은 야망이 넘쳤다. 세상을 바꿔보겠다고 큰 뜻을 품고 뛰어다니던 사내였다. 그런데 지금은?

국밥이 나왔다. 우리는 말 없이 국밥을 떠먹었다. 김이 서린 얼굴 너머로 그의 수척한 모습이 더 선명하게 보였다.

"…왜 이렇게 된 거야?"

그는 숟가락을 내려놓고 천천히 입을 열었다.

"세상이 바뀌었잖아. 모두 잘 살고, 다들 자기 자리 잡고, 나만 아니었지."

"…그래서?"

"그래서 이러고 있지. 시간이 약이겠거니 했는데, 내겐 독이더군."

그의 말에 나는 할 말을 찾을 수 없었다. 과거에 뜨겁게 살아가던 이 남자가 지금은 찬 국밥 한 그릇을 의지하는 신세가 되었다니 원!

밖에서는 여전히 시장의 소란스러움이 가득했다. 사람들은 분주하게 움직였고 그 속에서 그는 멈춰 서 있었다.

"수영아."

"응."

"내가 도울 수 있는 거 있으면 말해."

"…오늘 한 끼 따뜻한 밥을 사줬잖아."

그가 웃었다. 하지만 나는 그 웃음 뒤에 있는 깊은 허무를 읽을 수 있었다.

그날, 국밥을 먹고 우리는 헤어졌다. 하지만 나는 그의 모습이 잊히지 않았다. 며칠 후, 다시 시장에 갔으나 그는 보이지 않았다.

나는 그가 어디선가 잘 버티고 있기를 바라며 시장 골목을 천천히 걸었다.

그렇다. 내가 쓴 글을 조금 고치고 형식을 바꾸는 작업을 척척 해준다는 사실을 알게 되었다. 내가 쓴 콩트와 새로 받은 수필을 비교해 보니 key word는 그대로이다. 약이 아니고 독이라는 나의 말을 그대로 잘 썼다. 시장에서 어떤 인물에게 관심을 가진 것부터 서로 만나 인사를 하고 식사를 함께한 일까지 다시 잘 써주었다. 다만 콩트의 상황 묘사, 환경 묘사는 모두 빼버리고 간략한 수필로 형식을 바꾸었다. 이 수필에 상황 묘사를 더 보태면 훌륭한 한 편의 콩트가 나올지 모른다. 특히 별것 아닌 시래기를 오래 기다렸다는 반전을 그대로 살린 점에 주목할 필요가 있다. 기승전결을 잘 알고 있다는 소리다. 그런데 내가 쓴 콩트는 대화형이 아닌 서술형이었다. 글자가 빼곡한 서술형 표현이었다. 하지만 인공지능은 서술형을 대화형으로 바꾸었다. 왜 그랬을까? 어쩌면 내가 쓴 전자책을 많이 참고한 듯하다. 나는 대화형 글쓰기를 더 좋아한다. 그리고 콩트 제목을 "외톨이"로 바꾸어 입력했었다. 그런데 느닷없는 부제목을 덧붙였다. "누가?"란 부제목이 보였다. 이는 사실은 원제목이다. 인공지능은 내가 제목을 바꾸어 입력한 사실을 어찌 알았을까? 아직도 의문이다. 어쩌면 그가 내 컴퓨터를 깡그리 뒤졌는지도 모른다.

이렇게 인공지능과 사귀고 있는데 내가 인공지능과 힘을 합쳐 어떤 작품을 만든다면 과연 그 작가는 누구일까? 그냥 걱정이 앞선다.

더구나 이제는 번거롭기로 유명한 프로그래밍도 해주고, 작곡도 해준다니 장차 창작의 범위를 어찌 정해야 할지 난감하다. 의료용 사진도 해석해 병소를 잡아낸다니 또 범위가 확장되었다. 까짓 법률을 달달 외어서 적용하는 것쯤이야 일도 아닐 터이니, 사법 종사자들 할 일이 없어지지 않을까?

정녕 어디까지 발달할 셈인가?

아, 바로 그 점을 인공지능에게 질문해야겠다.

2025 중랑문인협회 회원선집

빛과 바람의 통로가 되어

지은이 / 중랑문인협회
편집위원 / 이호재, 이순헌, 한영옥, 김명옥, 김춘선
편집국장 / 정여울

펴낸이 / 오혜정
펴낸곳 / 글나무
주 소 / 서울 은평구 진관2로 12, 912호(메이플카운티 2차)
전 화 / (02)2272-6006
e-mail / wordtree@hanmail.net
등 록 / 1988년 9월 9일 (제301-1988-095)

2025년 5월 28일 초판 인쇄·발행

ISBN 979-11-93913-19-2 03810

값 15,000원